www.tredition.de

AF196887

Peter Grochowy

Die Abenteuer von Schnuppke Kaluppke und Wackelmax von Ü.

Zwei Spürnasen gehen ihren Weg

www.tredition.de

© 2015 Peter Grochowy

Verlag: tredition GmbH, Hamburg

ISBN
Paperback: 978-3-7323-2571-9
Hardcover: 978-3-7323-2572-6
e-Book: 978-3-7323-2573-3

Printed in Germany

Die seltsamen Abenteuer von Schnuppke Kaluppke
und seinem wirklich allerbesten Freund Wackelmax von Ü.

EIN SELTSAMER DUFT

„Da sind wir uns ja wohl mal wieder einig" meinte Schnuppke Kaluppke zu seinem wirklich allerbesten Freund.

„Klar Mann" wuffte Wackelmax von Ü. zurück, „ist ja wohl logo".

Die Beiden hatten auf der langen, im Halbdunkel liegenden Dorfstraße eine außergewöhnlich aussagekräftige Duftspur entdeckt und wollten nun gemeinsam herausfinden, was diese wohl verursacht haben könnte.

Schnuppke war ein mittelgroßer, langhaariger weißer Schäferhund und, wie er stets zu bemerken pflegte, „so gut wie reinrassig". Leider waren seine Papiere nicht auffindbar und diese Tatsache verhinderte seine Aufnahme in den erlauchten Kreis der zur Zucht Zugelassenen was ihn eine Zeit lang furchtbar kränkte.

„Bin ich denn etwa weniger ein guter Hund, treuer Gefährte, Kamerad und so weiter nur weil ich keine Papiere besitze die ich ohnehin nicht lesen könnte?"

Er haderte eine Weile mit seinem Schicksal.

Als er aber später in der Hundeschule einige Hunde intensiver kennenlernte die mit Papieren ausgestattet und sich dessen auch bewusst waren fiel ihm am Ende ein Stein vom Herzen, dass er nicht auch so war „wie die".

Sein Herrchen und die der Papiere besitzenden Klasse benahmen sich auch sehr unterschiedlich.

Das Besitzen von Papieren musste etwas sehr Wichtiges sein, jedenfalls für die Menschen, aber ob man sich als Hundebesitzer mit dem Besitz von Papieren veränderte oder ob man so sein musste um nur Hunde mit Papieren zu akzeptieren hatte Schnuppke bis heute nicht herausgefunden und es war ihm letztlich auch egal.

„Riecht ein wenig nach Katze" meinte Wackelmax von Ü. als er der neuen Spur einige Meter weit gefolgt war. „Aber nicht nur. Scheint etwas anderes dabei gewesen zu sein. Vielleicht Maus oder so, weiß nicht".

Wackelmax von Ü. war der wirklich allerbeste Freund von Schnuppke Kaluppke, auch ein weißer Schäferhund und sie hatten dasselbe Herrchen.

Er hatte nicht die schlanke, sportliche Figur seines Freundes und auch ein erheblich dichteres Fell was ihm bei gleicher Körpergröße ein wuchtigeres Aussehen verlieh.

Darüber hinaus hatte er auch ein paar Kilogramm mehr auf den Rippen als Schnuppke aber das störte ihn überhaupt nicht.

Vom Naturell her war er sehr viel ruhiger als alle Hunde die er kannte.

Papiere für ihn waren auch keine vorhanden aber das störte ihn absolut nicht, im Gegenteil.

Wenn man Papiere hatte als Hund, dann musste man auch auf Ausstellungen gehen und Herrchen oder Frauchen waren dann sehr stolz, aber diese ständige Fellpflege und die Ermahnungen, sich nicht schmutzig zu machen waren furchtbar, das wusste er von manchen anderen Hunden aus der Hundeschule.

Man durfte auch nicht so hemmungslos herumtoben, das könnte ja Verletzungen geben und dann wäre es vorbei mit den Schönheitspreisen.

So war er glücklich und genoss es, mit seinem Freund zusammen in Ruhe leben zu können.

Sie würden beide zusammen durch dick und dünn gehen, genauer gesagt, das hatten sie schon oft getan, wobei es sich allerdings meistens um dicken Morast oder dünne Gülle auf den Feldern handelte.

Wackelmax wohnte mit seinem Freund den er als Chef und Anführer akzeptierte zusammen in einem großen alten Bauernhaus in einem gemütlichen kleinen Dorf irgendwo in Nirgendwo im Norden Deutschlands.

Der Ort bestand aus zweiundvierzig Häusern, wovon sechs ehemalige Bauernhöfe waren, jetzt aber nur noch als Resthöfe bewohnt wurden weil die Landwirtschaft sich unterhalb einer bestimmten Größe nicht mehr rentierte.

Zwei weitere Höfe im Dorf wurden noch bewirtschaftet und die anderen Häuser waren später im Laufe der Jahre und Jahrzehnte dazu gekommen.

Das Haus in dem die beiden Hunde lebten war einer der alten Resthöfe mit einem riesengroßen Garten und einer ein Hektar großen angrenzenden Weide die aber nicht genutzt wurde außer zum Heu machen.

Es lag direkt an der Hauptstraße was aber unvermeidlich war denn es gab nur diese eine Straße die durch das Dorf führte.

Mit seinen alten Backsteinmauern und den überall um das Gebäude herum wachsenden großen Rosensträuchern sah alles sehr malerisch und gemütlich aus.

Hier schien die Zeit stehengeblieben zu sein.

Schnuppke Kaluppke und Wackelmax von Ü. genossen es sehr, den Garten in vollem Umfang nutzen zu dürfen und bemühten sich stets, keinen Schaden anzurichten wie z.B. Löcher graben in den Beeten oder ähnlichen Unfug der sie aus diesem Paradies vertreiben könnte.

Sie waren beide gut Freund mit den Nachbarskatzen und hatten überhaupt zu fast allen Katzen eine gutmütige, entspannte Beziehung.

Dieser Umstand ergab sich aus einer prägenden Erfahrung in früher Jugend als eine der beiden Katzen ihres Herrchens, die schon ein paar Jahre im Haus lebte bevor Schnuppke und Wackelmax geboren wurden, auf allzu neugieriges Beschnüffeln hin zu einem Rundumschlag ansetzte und mit einem geschickt angesetzten Streifschlag beiden Hundenasen gleichzeitig je eine flotte Schramme verpasste.

Anschließend waren sie ziemlich gute Freunde, jedenfalls vermieden die beiden großen Weißen es tunlichst, den kleinen Kratzbürsten zu nahe zu kommen um die Innigkeit der Beziehung nicht auf eine allzu harte Probe zu stellen.

„Glaub ich nicht, dass das Maus ist Wackel" grummelte Schnuppke, „ich meine eher, Dachs oder so. Irgendwas Undefinierbares. Jedenfalls müssen wir herausfinden was das ist, schließlich ist das hier unser Revier, da können die Katzen nicht einfach machen was sie wollen".

Wackelmax hasste es, nicht mit seinem vollen Namen angeredet zu werden aber nach ein paar Versuchen diesbezüglich hatte er es aufgegeben Schnuppke zu ändern als er nämlich merkte, dass dieser es nicht absichtlich tat um ihn zu provozieren sondern nur einfach so, aus Bequemlichkeit wahrscheinlich.

Die beiden weißen Schäferhunde waren zu abendlicher Stunde mit Herrchen unterwegs und durften auf diesem letzten Spaziergang des Tages meistens ohne Leine gehen was ihnen sehr entgegen kam. Nicht, dass sie die Leine hassten oder fürchteten, ganz im Gegenteil, sie war immer eine sichere Verbindung zum Menschen und gab auch viel Halt und Stärke.

Kamen mal andere Rüden zu nahe, so konnte man nach Herzenslust auf die aggressivste Art wütend bellen und an der Leine zerren ohne dass man Gefahr lief, in einen Kampf verwickelt zu werden, weil man ja sicher zurück gehalten wurde.

Aber ohne Leine ging es sich dann doch bequemer und man konnte länger stehen bleiben und schnüffeln wenn ein neuer Geruch dazu herausforderte ohne dass ungeduldig an der Leine geruckelt wurde.

„So, jetzt kommt mal endlich mit, ich habe keine Lust mehr und mir ist kalt, ich will nach Hause".

Der Mensch hatte gesprochen und wenn ein Hund Ärger vermeiden wollte sollte er sich danach richten.

„Die Katze kriegen wir auch morgen früh noch, da ist was faul, soviel ist mal klar" hechelte Schnuppke zu Wackelmax von Ü. als sie sich alle gemeinsam auf den Rückweg machten, „das könnte mal wieder ein echtes Abenteuer werden, war etwas zu ruhig hier in letzter Zeit für meinen Geschmack".

„Ganz klar Schnuppke, alter Fuchs" meinte sein allerbester Freund, „das kriegen wir morgen gleich ganz früh auf die Reihe.

Noch vor dem Frühstück der Menschen werde ich ein wenig fiepen und herumlaufen als wenn ich es nicht mehr aushalte, dann lassen sie uns in den Garten und wir kümmern uns um unseren neuen Fall. Sehr mysteriös, würde ich mal sagen".

Schnuppke grummelte zustimmend und sie trotteten ihrem Menschen hinterher um den Tag in Ruhe zu beschließen.

Gleich morgens als die beiden Hunde die ersten Geräusche der Menschen hörten und Frauchen in die Küche kam um sie hinter den Ohren zu kraulen, was sie übrigens Beide sehr, sehr gerne hatten, fing Wackelmax von Ü. an zu fiepen. Erst leise aber dann immer lauter und er lief aufgeregt zur Hintertür und setzte sich davor hin ohne sein Gefiepe und leises Jaulen einzustellen.

„Was ist denn los? Es ist doch noch viel zu früh. Oder hast du schon irgendwo hingemacht? Hoffentlich nicht. So, jetzt aber raus mit dir, geh mal ausnahmsweise nach hinten."

Schnuppke quetschte sich gerade noch durch die sich hinter seinem Freund schließende Tür ins Freie und erntete dafür einen erstaunten Blick von Frauchen um den er sich aber nicht weiter kümmerte.

Er lief hinter Wackelmax in den Garten und gleich über die Grundstücksgrenze die nur aus einem bepflanzten Wall bestand hinüber auf das Nachbarsgrundstück und von dort auf die einsame Dorfstraße hinaus.

Sie liefen beide, die Nasen tief am Boden, die Straße in Richtung Ortsausgang, wo sie gestern Abend den seltsamen Geruch bemerkt hatten.

„Komisch" meinte Schnuppke, „ich kann überhaupt nichts Ungewöhnliches mehr feststellen. Ob wir uns gestern getäuscht haben?"

„Ich wittere auch nichts mehr" meinte Wackelmax von Ü. „Das kommt mir aber seltsam vor. Moment mal, da vorne hinter dem kleinen Busch liegt etwas."

Sie hoben ihre keilförmigen Nasen in die Höhe und liefen geradewegs auf den nahe gelegenen Busch zu. Unter dem Strauch, halb im Gras verborgen, glitzerte etwas in den ersten Sonnenstrahlen des neuen Tages.

„Donnerwetter, so etwas habe ich ja noch nie gesehen" rief Schnuppke Kaluppke erstaunt aus, „das sieht ja fast aus wie das Halsband das Frauchen sich immer umbindet wenn sie uns allein zu Hause lässt."

Im Gras lag ein Hundehalsband mit vielen kleinen glitzernden Steinen besetzt welche im Sonnenlicht schimmerten wie Tautropfen. Dazu hatte es eine große goldfarbige Schnalle und einen fein gearbeiteten, ziselierten Rand.

„Da laus´ mich doch der Dackel" rief Wackelmax von Ü. erstaunt aus.

„Das ist ja wirklich allerhand. Riecht sehr stark nach Hund, große Rasse, Rüde, mittleres Alter, würde ich mal so sagen. Und ein starker Nebengeruch nach anderen Tieren, aber kein Rotwild."

Schnuppke Kaluppke sah nachdenklich drein. Er hatte zwar eine außergewöhnlich gute Spürnase aber die Feinheiten welche sein wirklich allerbester Freund immer heraus schnüffelte erstaunten ihn doch stets aufs Neue.

„Verdammich, du hast sicher recht Wackel. Aber was hat das zu bedeuten? Das Teil lag gestern Abend noch nicht hier, das weiß ich genau, sonst hätten wir es ja wohl bemerkt, oder nicht?"

Wackelmax von Ü. war kurz davor, sich mit der Pfote am Hinterkopf zu kratzen, wie er es schon öfter bei Herrchen gesehen hatte wenn dieser etwas ratlos in die Welt hinein blickte.

„Stimmt" sagte er schließlich „lass uns das Ding mal mitnehmen und später überlegen was das soll. Jetzt müssen wir erst mal zurück, sonst kriegen wir nichts von der Aufschnittplatte am Frühstückstisch."

Schnuppke nahm das glitzernde Halsband vorsichtig zwischen seine Zähne und die beiden trotteten flotten Schrittes wieder nach Hause, genau denselben Weg zurück über das Grundstück des Nachbarn. Die Katze von gestern Abend und das ungelöste Rätsel des seltsamen Geruches hatten sie längst vergessen.

Ein neues, viel spannenderes Abenteuer schien sich hier anzubahnen.

ZIRKUSWELT

Nachdem die beiden weißen Schäferhunde zum Haus zu-
rückgekehrt waren und das glitzernde Halsband an der
Ecke des ehemaligen Hühnerstalles zurück gelassen hatten
empfing Herrchen, der bereits auf der Terrasse am Frühstückstisch saß, sie mit leicht gereiztem Ton: „Na, wo wart
ihr denn nun schon wieder? Habt sicher wieder mal etwas
angestellt und ich muss mich nachher dann dafür ent-
schuldigen, wie? Na, irgendwann werdet ihr noch mal von
einem Auto überfahren wenn ihr immer alleine auf die
Straße lauft."

Schnuppke verdrehte die Augen und machte vorsichtshal-
ber ein schuldbewusstes Gesicht aber Wackelmax von Ü.
hatte einen besonders treuherzigen Blick drauf den er bei
allen sich bietenden Gelegenheiten anwandte und der niemals seine Wirkung verfehlte.

Kopf schief halten, Zunge zu einem Drittel heraus und
leicht von unten nach oben blicken. Weder Herrchen noch
Frauchen konnten daraufhin noch etwas Unangenehmes
sagen.

„Na gut" meinte Frauchen, „ihr seid ja ganz brav gewesen,
das ist doch klar."

Sie griff dann zum Teller mit den kleinen Wurstscheiben
und in der Erwartung auf ein leckeres Stückchen lief den
beiden Hunden schon das Wasser im Maul zusammen und

tropfte aus den Winkeln heraus als es plötzlich an der Haustür klingelte und Frauchen zur großen Enttäuschung der beiden ihre Hand wieder vom Wurstteller zurückzog.

Nun besannen sie sich aber auf ihre Pflicht als Wachhunde und begannen beide zu bellen und wie verrückt am Zaun entlang zu laufen um von außen an die Haustür zu kommen und den Besucher gebührend zu empfangen.

Das geschlossene Tor im Zaun an der Seite des Hauses verhinderte, dass Schnuppke und Wackelmax nach vorne gelangen konnten und so rannten sie wieder zurück, um durch das Haus hindurch zu laufen und ihrer Aufgabe gerecht zu werden.

Als sie durch die Terrassentür ins Innere des Hauses wollten kam Herrchen aber schon wieder zurück von der Haustür und drängte sie mit beruhigenden Worten hinaus auf die Terrasse.

„Das glaubst du nicht" sagte er zu Frauchen, „da war eine Zigeunerin an der Tür und hat mich angebettelt. Ob ich etwas für ihre hungernden Tiere hätte, sie gehört zu einem Zirkus hier in der Nähe. Die sollte mal was von ihrem Goldschmuck verkaufen mit dem sie sich behängt hat wie ein Weihnachtsbaum, dann hätte sie auch Geld für Futter."

„Na na, das ist aber nicht politisch korrekt, das heißt nicht Zigeunerin sondern Sinti oder Roma, das weißt du doch genau, du bist doch sonst nicht so."

„Ja klar, sollte ja auch nicht abwertend sein oder rassistisch oder so aber wenn ich so etwas sehe, dermaßen mit Gold und Schmuck behängt und dann noch betteln, also da kann ich glatt meine gute Erziehung vergessen. Ist natürlich falsch, weiß ich ja und die Zirkustiere können ja auch nichts dafür.

Vielleicht gehe ich nachher mal hin und sehe nach was da wirklich los ist.

Sind ja nur ein paar Kilometer, kann ich endlich mal wieder Rad fahren, tut mir sicher gut."

„Gute Idee, da komme ich mit und unsere Beiden können mal zeigen, ob sie immer noch fit sind und neben dem Rad laufen können. Das ist mal was anderes als nur immer spazieren gehen."

Schnuppke Kaluppke und sein wirklich allerbester Freund Wackelmax von Ü. fanden überhaupt nicht, dass es eine gute Idee war mit dem Fahrrad zu fahren und sie beide nebenher hecheln zu lassen. Verhindern konnten sie es allerdings nicht.

Nach dem Mitttagessen machten sie sich dann auf den Weg um dem Zirkus einen Besuch abzustatten.

Herrchen war jetzt Mitte Fünfzig und eigentlich noch ganz gut in Form, aber ein steter Kampf gegen den sich beharrlich ausweitenden Bauchansatz zermürbte ihn langsam.

Die Anfälle sportlicher Aktivität kamen jetzt in immer größeren Abständen aber insgesamt war er nicht zu dick. Nur seine beginnende Glatze ärgerte ihn weil er glaubte, das mache ihn älter.

Er war jetzt schon im Ruhestand denn er hatte als Ingenieur einige sehr erfolgreiche Erfindungen gemacht welche er so gut vermarkten konnte dass er mit seiner Frau und den Hunden ein sorgenfreies Leben auf dem Land führen konnte, wie er sich das immer schon gewünscht hatte.

Frauchen war zwei Tage älter als ihr Mann und sie hielt sehr viel von guter Kondition und einem gesunden Lebensstil. Sie ging zweimal die Woche zum Fitnesstraining in einen Sportverein und hielt auch sonst viel von Bewegung.

Lange Spaziergänge mit den Hunden machte Herrchen gerne mit aber der Sportverein war nicht das was ihn reizte. Er wäre gerne mal mit Frauchen gejoggt aber seit einer Bergwandertour hatte sein Knie sehr gelitten und außer zügigen Spaziergängen war kein kniebelastender Sport mehr möglich.

Nun waren sie also unterwegs mit den Fahrrädern, zwei etwas älteren aber sehr gepflegten, blauen Trekkingrädern.

Frauchen hätte, obwohl sie doch so sportlich war, lieber ein gemütliches altes Damenrad gehabt, mit einem breiten, bequemen Sattel und Schutznetz über dem Hinterrad, dazu einen bequemen gebogenen Lenker aber Herrchen wollte das nicht.

Er meinte, wenn sie schon mit dem Rad fuhren, dann sollte auch die sportliche Note nicht zu kurz kommen.

Er wollte eigentlich auch nicht die beiden Satteltaschen an seinem Rad dulden aber war zu bequem um sie bei Bedarf zu suchen und anzubauen, so blieben sie immer dran.

Die Hunde waren nicht begeistert.

Anfangs war es ja noch in Ordnung und auch ziemlich lustig, wenn sie abwechselnd alle zwanzig Meter stehen blieben um das Bein zu heben und die Räder mussten jedes Mal anhalten.

Aber irgendwann verloren ihre Menschen die Geduld und fuhren einfach langsam weiter.

Dann mussten sie ziemlich schnell hinterher laufen um den Anschluss nicht zu verlieren und schnelles Laufen mochten sie nur dann, wenn sie einem Hasen hinterherjagen konnten, auch wenn sie diesen niemals einholten.

„Nun aber mal etwas zügiger" rief Herrchen, „ihr müsst nicht an jedem dritten Busch das Bein heben, da kann doch gar nichts mehr drin sein, so oft wie ihr stehen bleibt."

Die beiden Hunde verfielen jetzt in einen gleichmäßigen Trott und nach wenigen Kilometern kam schon das Dorf in Sicht in dem dieses Jahr der kleine Zirkus sein Zelt aufgeschlagen hatte.

Seit diese Leute das letzte Mal in dieser Gegend gastierten waren schon ein paar Jahre vergangen und sie lagerten damals auch ein paar Dörfer weiter entfernt so dass man von hier aus den Zirkus nicht besuchte.

Auf einer kleinen Wiese am Rand des Dorfes war ein ziemlich großes rundes Zirkuszelt aufgebaut auf dessen zentralem Pfosten viele bunte Wimpel flatterten. Es herrschte jetzt gegen Ende August bestes Sommerwetter und eine angenehme Brise sorgte dafür, dass es nicht zu heiß wurde.

Um das Zelt im hinteren Bereich standen halbkreisförmig mehrere bunte Zirkuswagen, zum Teil bewohnt von den Artisten und zum Teil von den Zirkustieren.

„Dann wollen wir doch mal sehen was das für Tiere sind die gefüttert werden müssen. Vielleicht haben die hier gar keine Tiere und die Bettelei war ein einziger Schwindel."

Herrchen stellte sein Fahrrad an einen Pfosten des Weidezauns der die Wiese umgrenzte und ging, gefolgt von Frauchen auf das Zelt zu. Die beiden Hunde hatten sie jetzt angeleint und so kamen sie nur langsam voran denn hier gab es enorm viel zu schnüffeln.

„Du meine Güte, Wackelmax" meinte Schnuppke Kaluppke zu seinem Freund, „hier ist ja richtig was los. So lange werden wir sicher nicht hierbleiben, bis wir das hier alles abgeschnüffelt haben."

„Das glaube ich auch" erwiderte Wackelmax von Ü. „Aber hast du denn auch mitgekriegt was hier am Wegrand so seltsam riecht? Das ist doch der verschwundene Duft von unserer Dorfstraße. Das ist ja wirklich sehr seltsam, das muss ein uns unbekanntes Tier aus dem Zirkus sein, aber was hat das denn bei uns im Dorf zu suchen?"

Aus dem Eingang des großen Zeltes kam jetzt ein kleiner Mann heraus der blaue Arbeitskleidung trug und einen riesigen Vorschlaghammer in der Hand hielt. Als er die Gruppe der Besucher erblickte kam er auf sie zu und meinte: „Guten Tag die Herrschaften. Kann ich etwas für sie tun? Die Vorstellung beginnt um neunzehn Uhr, die Fütterung um vier."

„Ach" meinte Herrchen, „das ist ja schade, da werden wir vielleicht keine Zeit haben. Wir wollten uns aber doch gerne mal ihre Tiere ansehen. Eine ihrer Artistinnen hat uns heute wegen einer Spende für Futter angesprochen."

„Ach so, ja das war Fräulein Mimi, unsere Wahrsagerin. Sie hat mit der Vorstellung der Artisten und der Tiere eigentlich nichts zu tun, sie hat ein eigenes kleines Zelt bei ihrem Wohnwagen in dem sie ihrem Gewerbe nachgeht.

Aber wenn sie für uns alle unterwegs ist um Reklamezettel zu verteilen kommt sie viel in der Gegend herum und fragt auch schon mal nach einer Futterspende. Die Zeiten sind leider nicht so rosig.

Ich bin übrigens der Direktor, auch wenn das jetzt nicht so aussieht. Die Tiere kann ich ihnen natürlich auch außer der Reihe zeigen wenn sie wollen."

Herrchen wollte und die beiden Hunde wurden an einem Zeltpfosten am Eingang festgebunden denn sie durften nicht mit zu den Wagen weil der Direktor meinte, das würde seine sensiblen Tiere eventuell beunruhigen.

„Was soll das denn heißen Wackel?" meinte Schnuppke Kaluppke, „sensibel sind wir ja wohl auch, oder? Wenn wir mal nicht überhaupt die sensibelsten sind!"

Wackelmax von Ü. gab keine Antwort denn er schnupperte mit hoch in die Luft gehaltener Nase rundherum.

„Riechst du das nicht auch Schnuppke?" meinte er, „da kommt doch irgendetwas auf uns zu. Verflixt noch mal, wenn da bloß nicht so furchtbar viele neue Düfte wären, ich kann die gar nicht alle auseinander halten."

Plötzlich tauchte unter einem der Zirkuswagen ein riesiger grauer Hund auf der sich langsam auf die Beiden zubewegte. Als er näher kam konnten sie sehen, dass er schon ziemlich alt sein musste. Er wedelte behäbig mit dem Schwanz und als er sich bis auf zwei Schritte genähert hatte setzte er sich vor sie hin.

„Na ihr zwei Hübschen, wollt ihr hier beim Zirkus anheuern? Was könnt ihr denn noch außer hübsch auszusehen?"

„He he, immer langsam mein Bester" antwortete Schnuppke Kaluppke, „wer bist du denn überhaupt? Irgendwas an dir riecht, als wenn du schon mal bei uns im Dorf gewesen bist."

„Tatsache" ergänzte Wackelmax von Ü. „der hat den geheimnisvollen verschwundenen Duft an sich. So riecht doch kein Hund. Das könntest du uns mal erklären." sagte er dem großen Grauen zugewandt.

„Das hier ist übrigens Schnuppke Kaluppke und ich bin sein wirklich allerbester Freund Wackelmax von Ü. Wir sind hier nur zu Besuch."

Der große alte Hund sah die beiden Weißen nachdenklich an und meinte dann: „Nichts für Ungut meine Freunde, mein Name ist Hektor, der graue Wolf.

Natürlich bin ich kein richtiger Wolf aber ich sehe ein Wenig so aus und deshalb muss ich hier im Zirkus als gefährliche Bestie auftreten. Hat wohl noch nie einer von den Zuschauern bemerkt.

Das ich anders als ein Hund rieche kommt jedenfalls nicht davon, dass ich ein Wolf bin sondern weil mein Schlafplatz direkt unter dem Wagen mit den beiden Lamas ist.

Ich selbst kann schon sehr lange nicht mehr so gut riechen, diese Wildtiere ruinieren einem auf Dauer den ganzen Geruchssinn."

„Du trägst ja gar kein Halsband" meinte Schnuppke Kaluppke, „könnte sein, dass wir es gefunden haben dem Geruch nach zu urteilen. Oder darf man als Wolf kein Halsband haben?"

Hektor war mit einem Mal hellwach nachdem er bislang etwas gebrechlich und müde gewirkt hatte.

„Was wisst ihr von meinem Halsband?" fragte er atemlos und seine Augen begannen auf eine seltsame Art zu glänzen. „Habt ihr mein Halsband? Ich muss es unbedingt wieder haben. Warum geht euch nichts an. Also, wo ist es?"

Er war jetzt aufgestanden und überragte die beiden Weißen um ein ganzes Stück wobei er sich noch nach Möglichkeit ein Wenig größer machte um sie zu beeindrucken.

„Nun mal langsam mein Guter" grinste Schnuppke ihn an, „immer mit der Ruhe. Wenn du deine Glassteine wieder haben möchtest dann sei mal ganz freundlich zu uns.

Ob uns das Ganze etwas angeht oder nicht, das entscheiden wir. Wir wittern nämlich Sensationen wenn wir sie treffen. Sag uns alles zu diesem Thema und du hast deinen Halsschmuck wieder, wir haben selber jeder so ein Ding."

„Das möchte ich bezweifeln" murmelte Hektor leise und brummte kaum hörbar „Glassteine, ha ha ha."

Laut meinte er dann „ Ich bin mit Fräulein Mimi unterwegs gewesen weil ich nicht nur grimmig wie ein Wolf aussehen kann sondern auch schwach und hinfällig, bemitleidenswert eben. Das hilft den Menschen, uns etwas fürs Futter zu spenden.

Irgendwo auf diesem langen Weg habe ich dann das vermaledeite Halsband verloren. Noch hat Fräulein Mimi nichts gemerkt aber wenn, dann kriege ich richtig Ärger, das könnt ihr doch nicht wollen, oder?"

Er sah die Beiden mit einer treuherzigen Miene an und brachte es gleichzeitig fertig, etwas kläglich auszusehen.

„Hör mal" meinte Schnuppke Kaluppke, „du bist ja wirklich ein großartiger Schauspieler aber wir sind nicht doof. Dass du uns hier zum Besten halten willst nehmen wir dir wirklich übel, was Wackel?"

„Wirklich übel" nickte Wackelmax von Ü. der irgendwie überhaupt nicht mitbekommen hatte, was hier vor sich ging.

„Verstehe nicht was ihr meint" sagte Hektor mit hängenden Lefzen.

„Na hör mal," schnaubte Schnuppke wütend, „erstens haben wir auch schon mal unser Halsband verloren, da gibt es keinen riesigen Ärger, die Dinger gibt es in jedem Futterladen und zweitens war dein Fräulein Mimi heute Morgen während des Frühstücks bei unserem Haus.

Deine spezielle Duftmarke haben wir aber schon gestern Abend gerochen. Also da stimmt doch so einiges nicht an deiner Erzählung.

Und außerdem haben wir nicht nur Supernasen mein Bester sondern auch sehr große Superohren. Dein gemurmeltes „Glassteine hahaha" haben wir sehr wohl gehört!

Hier stinkt doch was gewaltig, also raus mit der Sprache sonst kannst du dein schönes Halsband vergessen."

Hektor sackte etwas in sich zusammen und sah wirklich kläglich aus. Schnuppke wusste nicht recht, ob das wieder nur gespielt war oder ob sich jetzt die Einsicht durchgesetzt hatte, dass ohne die echte Wahrheit nichts zu machen war.

Aber Hektor war wirklich ziemlich verzweifelt.

„Na schön" meinte er, „euch kann man nichts vormachen, das sehe ich ein. Ich will euch alles erklären, aber das ist eine längere Geschichte."

„Dann fang mal gleich an, ich weiß nämlich nicht wie lange wir noch hierbleiben können und wenn du deine Klunker wiederhaben willst, dann erzähle uns das Wichtigste."

Schnuppke und Wackelmax waren jetzt wirklich neugierig denn sie glaubten beide, dass sie in ein richtiges Abenteuer hineingeraten waren mit vielen Geheimnissen.

„Also es war so" fing Hektor hastig an, „Fräulein Mimi und ich, wir waren schon einen Tag vorher durch die Dörfer gegangen um Reklamezettel zu verteilen für den Zirkus. Eigentlich aber beobachtet Fräulein Mimi nur die Häuser und die Menschen und sie schreibt sich vieles in ihr kleines Notizbuch. Wenn sie glaubt, sie hätte etwas Lohnendes entdeckt geht sie am nächsten Tag noch mal gezielt los und versucht, in die Häuser der Leute zu kommen wenn sie um Spenden für Tierfutter bittet."

„Moment mal" unterbrach Schnuppke Hektors Redefluss, „soll das heißen, ihr spioniert die Häuser aus um dann die Menschen zu bestehlen? Das ist ja unglaublich! Und dabei machst du mit? Das kann ich nicht glauben."

„Lass mich schnell zu Ende erzählen. Eure Menschen und der Direktor kommen sicher gleich zurück und ich brauche doch das Halsband.

Fräulein Mimi stielt nichts in den Häusern, das machen dann später unsere beiden Hochseilartisten. Die können super gut klettern und so wie ich weiß nehmen sie meistens glitzernde Steine mit die dann an den Halsbändern der Tiere befestigt werden.

Das kann jeder sehen und niemand würde glauben dass der glitzernde Zirkusschmuck bei den Wildtieren nicht aus Glas ist, da kommt doch keiner drauf.

Fräulein Mimi hat ein riesengroßes Haus in einem fernen Land wo wir immer im Winter wohnen. Wenn sie mit dem Direktor spricht sagt sie oft, dass ich zwar ein gelehriger Hund sei aber wenn ich nicht mehr das tun könnte was sie will, dann gibt sie mich in ein Tierheim.

Aber meine Kinder und meine Süße wohnen doch in diesem großen Haus und die würde ich dann nie wiedersehen."

Er legte sich flach auf den Boden und schniefte unglücklich vor sich hin.

Schnuppke Kaluppke und Wackelmax von Ü. sahen sich sprachlos an. So eine Geschichte hatten sie noch nie gehört. Sie hielten sich selbst für große Spürnasen und Detektive denen nichts verborgen blieb aber was in diesem Fall zu tun war wussten sie jetzt auch nicht.

„Donnerwetter Wackelmax" sagte Schnuppke zu seinem wirklich allerbesten Freund, „das ist wohl unser schwierigster Fall.

Das ist etwas Anderes, als herauszukriegen, welche von den vielen Katzen die Hackbällchen vom Frühstückstisch gemopst hat. Ich finde jedenfalls, wir müssen Hektor helfen. Er kann ja nichts dafür."

„Stimmt alter Freund" bemerkte sein Spezi „wir müssen als erstes dafür sorgen, dass Hektor das Halsband wieder kriegt. Was wir dann machen weiß ich auch noch nicht aber bis jetzt ist uns noch immer etwas Geniales eingefallen. Der Laden muss irgendwie auffliegen, das ist doch wohl klar."

In diesem Moment kamen der Zirkusdirektor und seine beiden Gäste von den Käfigwagen wieder zurück und Herrchen und Frauchen begrüßten ihre beiden, kräftig mit dem Schwanz wedelnden Hunde die sich benahmen, als wenn sie sich mindestens ein halbes Jahr lang nicht gesehen hätten.

„Hallo ihr Süßen" rief Frauchen strahlend und kramte in ihrer Tasche nach ein paar Leckerlies für die Hunde. „Ihr seid ja sowas von brav, hier so lange allein zu bleiben ohne Radau zu machen. Und einen Freund habt ihr auch gefunden? Das ist ja toll. Darf der auch etwas zum Knabbern haben?" wandte sie sich an den Direktor.

„Das ist Hektor, das einzige Tier in diesem Zirkus, das frei herumlaufen darf. Außer mir altem Esel natürlich, ha ha ha."

Herrchen und Frauchen lachten mit dem Direktor zusammen über dessen Witz obwohl Herrchen ihn bestimmt nicht lustig fand aber er glaubte wohl, die Höflichkeit verlangte dies.

„Eigentlich nimmt Hektor niemals etwas von Fremden an, das haben wir ihm so anerzogen, ist viel zu gefährlich in unserem Beruf. Aber wenn ich dabei bin und ihn ermuntere freut er sich sicher darüber."

Tatsächlich blickte Hektor den Direktor an als ihm eine kleine Knabberstange angeboten wurde und erst als dieser nickte nahm er sie vorsichtig zwischen seine Zähne und begann, sie zu zernagen.

„Toll erzogen" meinte Herrchen „oder nennt man das in diesem Fall dressiert?"

„Nein nein, erzogen ist schon richtig. Ihre Beiden sind ja auch sehr gut. Ich nehme an, sie waren mit ihnen zur Hundeschule? Die sind ja aber auch ausnehmend hübsch und so wunderbar gepflegt."

Frauchen wurde ganz verlegen von dem vielen Lob und meinte: „Ach, na ja, eine gute Erziehung muss schon sein bei Hunden sonst werden die zu anstrengend. Aber sie sind ja vom Fach und können das sicher richtig beurteilen."

„Mir ist da gerade ein Gedanke durch den Kopf gegangen" meinte der Direktor, „glauben sie, sie können die Beiden dazu bringen, eine halbe Stunde ruhig liegen zu bleiben? Dann würde ich ihnen gerne ein Angebot machen.

Wir haben zwei große Holzkisten die mit bedrucktem Stoff bespannt sind so dass sie wie Marmorquader aussehen. Wenn wir die links und rechts vor unserem Zelteingang aufstellen und eine halbe Stunde vor Beginn der Vorstellung am Nachmittag liegt auf jedem einer der weißen Hunde in sphinxähnlicher Haltung dann gäbe das sicher ein tolles Bild und wäre gute Werbung für uns.

Ich würde ihnen für jeden Einsatz zwei Freikarten für die Loge geben. Die können sie selbst nutzen oder an ihre Freunde oder so weitergeben. Na, wie wär´s?"

Herrchen und Frauchen sahen sich an und schienen beide nicht abgeneigt, das Angebot zu überdenken.

„Das ist ja eine überraschende Idee" meinte Herrchen „aber das könnte ich mir ganz gut vorstellen. In der Hundeschule mussten sie auch ruhig liegen bleiben, auch wenn man wegging. Das können sie. Das sieht sicher toll aus und gibt auch noch schöne Fotos für das Familienalbum.

Und so kommen wir auch mal in den Zirkus, dazu können wir uns ja sonst doch nicht aufraffen."

„Da sind wir uns ja wieder einmal einig" meinte Frauchen lächelnd, „ich finde auch, dass diese Idee mal etwas Abwechslung bringt und jeder Beteiligte hat etwas davon, die beiden Weißen müssen natürlich eine Wurst extra bekommen."

„Geht klar" lächelte der Zirkusdirektor „aber wenn wir Morgen damit beginnen sollten sie etwas früher kommen, beim ersten Mal müssen wir vielleicht das eine oder andere doch anders machen als angedacht. Also dann, bis Morgen."

„Das löst ja ein Riesenproblem" flüsterte Schnuppke Hektor zu, „spätestens Morgen hast du dein Halsband wieder, bis dahin musst du irgendwie zurechtkommen."

Bevor Hektor noch antworten konnte zog Herrchen Schnuppke sanft zu sich heran und ging dann zu seinem Fahrrad um nach Hause zu fahren.

„Du meine Güte" hechelte Wackelmax von Ü. als er neben Schnuppke trabte, „da haben wir ja noch ein richtiges Abenteuer vor der Nase.

EIN RÄTSELHAFTES EREIGNIS

Am nächsten Morgen nach dem Frühstück suchte Herrchen eine große alte Holzplatte aus dem alten Geräteschuppen hinter dem Haus hervor. Er legte sie auf vier Mauersteine und Schnuppke und Wackelmax mussten abwechselnd darauf liegen und stolz geradeaus blicken ohne sich von irgendetwas ablenken zu lassen.

„Das klappt ja schon ganz gut fürs erste Mal" meinte Herrchen ganz begeistert.

„Vielleicht sollten sie lieber sitzen, das sieht doch auch sehr schön aus und die beiden kommen noch mehr zur Geltung" warf Frauchen ein aber Herrchen sagte: „Ich glaube, diese Podeste von denen der Direktor gesprochen hat sind eine ganze Ecke höher als die Platte hier, da sieht es sicher besser aus, wenn sie liegen.

Also, je länger ich darüber nachdenke, um so mehr gefällt mir die Idee. Ich muss auch mal mit Herbert sprechen, der ist ja Fotograf bei unserem Lokalen Anzeigenblatt. Die suchen doch immer nach schönen Motiven, da hat er gleich noch eine Story dazu."

Wackelmax von Ü. dem es schwer fiel ruhig liegen zu bleiben als er eine kleine getigerte Katze über das Nachbargrundstück schleichen sah war froh als Herrchen sagte: „So, Schluss jetzt mit der Generalprobe. Ich glaube, das wird schon klappen heute Abend."

Er brachte die Platte und die Steine wieder in den Schuppen zurück und die beiden Hunde waren sich selbst überlassen.

Sie schlenderten am Zaun entlang zum Ende des Gartens und legten sich ins Gras um durch den niedrigen, grün gestrichenen Holzzaun hindurch eine Katze anzustarren die auf der anderen Straßenseite in der Sonne döste.

Es hatte seit fast drei Wochen nicht mehr geregnet und die Erde und das Gras waren hart und trocken.

Bei der nun herrschenden Windstille war außer dem Summen einiger großer Brummer bei dem alten Apfelbaum kein Geräusch zu hören.

„Um die frechen Katzen kümmern wir uns später mal" meinte Wackelmax „sag mir lieber, wie wir das Halsband mit zum Zirkus kriegen sollen ohne dass es jemandem von unseren Menschen auffällt. Wenn Herrchen das sieht nimmt er es uns sofort weg."

„Ich glaube, bei dem Wetter müssen wir wieder neben den Rädern herlaufen" erwiderte Schnuppke Kaluppke „da sind bei Herrchen doch diese Taschen am Gepäckträger angeschnallt. Die sind immer leer wenn unsere Menschen nicht gerade mal eine längere Radtour machen und die wurden Gestern ja auch nicht benutzt.

Kurz bevor wir los müssen lege ich das Halsband in eine der Taschen, das geht leicht, die sind ja nicht verschlossen. Das merkt Herrchen bestimmt nicht.

Und wenn wir da sind finden wir sicher eine Chance, das Ding wieder herauszuholen, wir sollen ja etwas früher hinkommen, da wird noch nicht viel los sein und keiner kann uns beobachten."

„Gute Idee mein lieber Schnuppke. Vielleicht können wir ja auch irgendwie Hektor informieren, dann kann er sich das Teil selber holen. Mal sehen."

Am späten Nachmittag rief Frauchen nach ihren beiden Hunden und tatsächlich sollte es wieder mit dem Rad zum Zirkus gehen.

„Ich habe ja ganz schönen Muskelkater" meinte Herrchen „aber ich habe mal gelesen, in so einem Fall soll man vorsichtig weitermachen, dann wird es wieder besser."

„Da siehst du mal, wie sehr dir die Bewegung fehlt. Ich habe den kleinen Fotoapparat mitgenommen, den lege ich hier in den Korb am Lenker, da komme ich immer schnell dran."

Schnuppke und Wackelmax sahen sich erleichtert an. Sie hatten sich schon erschrocken und geglaubt, der Fotoapparat würde in die Satteltasche gepackt und dann das Halsband entdeckt.

Da hörten sie Frauchen sagen: „Schatz, wollen wir nicht zwei Sitzkissen mitnehmen für die Vorstellung? Die ganze Zeit auf einer Holzbank zu sitzen macht sicher keinen besonderen Spaß. Du hast doch die Taschen an deinem Rad."

Die Hunde waren starr vor Schreck aber Herrchen meinte: „Hör mal, meine Liebe, wir haben zwei Logenplätze wie du dich vielleicht erinnerst. Wenn der Zirkus auch kein Weltunternehmen ist so kann man doch wohl erwarten, dass ein Logenplatz gepolstert ist. Mit den Kissen brauchen wir uns bestimmt nicht abzuschleppen."

Schnuppke Kaluppke verdrehte die Augen und Wackelmax von Ü. ächzte leise: „Du liebe Zeit, hoffentlich geht es jetzt los, das hält doch kein Hund aus!"

Er rannte jetzt zum Tor und drehte sich fiepend im Kreis herum. Dann stupste er mit der Nase gegen den runden Türknauf der Gartenpforte als ob er sagen wollte „he, lasst uns endlich los jetzt" und das wollte er tatsächlich.

Die beiden Menschen sahen sich an und lachten. „Jetzt müssen wir aber los" sagte Herrchen „der kriegt sonst noch einen Infarkt. Wenn die zwei wüssten was wir heute von ihnen verlangen, ob sie sich dann auch so vordrängen würden?"

Sie fuhren in gemächlichem Tempo mit den Rädern zum Dorf hinaus und hatten keine Eile und auch keine Lust ins Schwitzen zu kommen denn es war jetzt doch ziemlich warm geworden am späten Nachmittag.

Nach etwa der Hälfte des Weges machten sie eine kurze Rast um die Hunde aus einem kleinen Bachlauf neben der Straße frisches Wasser trinken zu lassen. Dann fuhren sie langsam weiter und wurden plötzlich von einer sich nähernden Polizeisirene aus ihren Gedanken gerissen.

Sie hielten am Rand der staubigen Landstraße und brachten die Hunde dazu, sich zu setzen um den von hinten herannahenden Polizeiwagen vorbei zu lassen.

Es war aber nicht die Polizei sondern ein Unfallwagen der Feuerwehr

„Na, da wird doch hoffentlich nichts Schlimmes passiert sein im Dorf. Den Rettungswagen sieht man hier ja zum Glück selten." meinte Herrchen als sie wieder auf die Räder stiegen um weiterzufahren.

„Ach ich weiß nicht" antwortete Frauchen „es wohnen ja so viele alte Menschen hier auf den Dörfern, da werden wir die Sirene in Zukunft wohl noch des Öfteren hören."

Sie fuhren langsam den letzten kleinen Hügel vor der Ortschaft hinauf bei welcher der Zirkus sein Zelt aufgeschlagen hatte und blickten auf die im Sonnenschein liegende Szene. Die beiden Menschen hielten abrupt ihre Fahrräder an und starrten mit offenen Mündern auf die Zirkuswiese. Auch die beiden Hunde waren stehen geblieben und besahen sich das Ganze interessiert.

„Du meine Güte" stotterte Frauchen „so etwas habe ich in dieser Gegend ja noch nie gesehen, das gibt es doch nur in der Stadt. Deshalb sind wir doch aufs Land gezogen, weil wir das nicht mehr haben wollten."

„Na komm schon, Unfälle passieren Überall, egal ob in der Stadt oder auf dem Land. Wir fahren erst mal hin, vielleicht ist das ja gar nicht so schlimm wie es aussieht."

Sie fuhren den Hügel hinab und kamen an die Wiese mit dem Zirkuszelt. Das ganze Gelände war mit weiß-rotem Flatterband abgesperrt und auf der Wiese neben dem Zelt standen zwei Streifenwagen der Polizei, der rote Rettungswagen und ein VW-Bus in Polizeifarben. Auf allen diesen Fahrzeugen drehten sich unablässig die blauen Lichter und über das ganze Gelände verteilt konnte man uniformierte Beamte gehen sehen.

„Du meine Güte" stammelte Herrchen der scheinbar etwas die Fassung verloren hatte „das sieht aber nicht nach einem einfachen Unfall aus oder so etwas. Soviel Polizei auf einem Haufen. Die kommen doch nicht alle wegen einer Kleinigkeit."

Es hatten sich etwa vierzig bis fünfzig Leute vor der Absperrung angesammelt die neugierig auf das Geschehen starrten und wild durcheinander redeten.

Aus dem Zelt trat jetzt ein kleiner grauhaariger Mann mittleren Alters der mit einer schäbig aussehenden, hellgelben Bomberjacke bekleidet war. Er schritt zu der Gruppe der diskutierenden Menschen und bat um Aufmerksamkeit:

„Hören sie mir bitte kurz einmal zu. Wenn Irgendjemand von ihnen in irgendeiner Weise etwas mit diesem Zirkus zu tun hat, dann möchte ich denjenigen bitten, herein zu kommen und mit uns zu sprechen. Alle anderen können beruhigt nach Hause gehen, es ist zwar ein Unfall passiert aber es gibt absolut nichts zu sehen für alle.

Auch alle Besucher der Vorstellung heute können wieder gehen, die Vorstellung muss leider ausfallen."

Er stand hinter der Absperrung und musterte die Menschen aufmerksam die wieder angefangen hatten durcheinander zu schnattern wie eine Herde Gänse.

Er wollte sich gerade umdrehen da niemand Anstalten machte sich zu Wort zu melden als Frauchen einen Schritt vorwärts machte mit ihrem Fahrrad an der Hand und zu dem Mann sagte: „Ja, hallo, wir haben mit dem Zirkus zu tun."

„Bist du verrückt" zischelte Herrchen erschrocken „das gibt nur Ärger, glaube mir."

Der Mann mit der gelben Jacke sah sie aufmerksam an und weil er erkannte, dass es sich um zwei Menschen und zwei Hunde handelte die zusammengehörten bat er darum, dass diese ihm auf das Gelände folgten.

Während er mit einer Hand das Flatterband anhob schoben die beiden Radfahrer ihre Räder auf die Wiese mit den Hunden an der Leine. Sie wurden aufgefordert mit in das Zirkuszelt zu kommen und stellten die Räder draußen ab. Dann betraten sie das Zelt mit den angeleinten Hunden.

Gleich neben dem Eingang stand im Inneren des Zeltes ein kleiner aufklappbarer Campingtisch mit fünf Klappstühlen daneben. Außer ihnen hielt sich hier niemand auf.

Die Manege war sauber mit Sägespänen bestreut und einige bunte Podeste und ähnliche Utensilien für die Vorstellung lagen und standen verteilt darin herum.

Der Mann mit der gelben Jacke forderte die neu Angekommenen auf sich zu setzen und nahm ebenfalls Platz.

EDELSTEINE

„Mein Name ist Schmitz" stellte er sich vor „sagen sie mir bitte ihre Namen und Adressen und dann erzählen sie mir bitte, in welcher Verbindung sie zum Zirkus stehen."

„Was ist denn überhaupt passiert? Werden wir jetzt verhört? Sind sie überhaupt berechtigt, uns Fragen zu stellen? Sie haben ja nicht einmal eine Uniform." Herrchen war offenbar etwas verunsichert und wollte erst einmal die Lage klären.

Der Mann lächelte höflich: „Sie haben sich doch durch ihr kommen bereit erklärt, unsere Fragen zu beantworten. Ich bin übrigens Hauptkommissar, da trägt man üblicherweise keine Uniform. Also, was verbindet sie mit diesem Zirkus?"

„Hauptkommissar? Was denn für ein Hauptkommissar?"

„Mordkommission."

„Guter Gott" ächzte Herrchen „wo sind wir hier denn bloß hineingeraten."

Schnuppke Kaluppke und Wackelmax von Ü. sahen sich aufmerksam im Zelt um während ihre beiden Menschen dem Kommissar alles so schilderten wie es sich zugetragen hatte gestern, und dass sie nichts gesehen und gehört hätten und überhaupt jetzt gerne gehen würden.

Sie wollten auch gar nicht mehr wissen was passiert war, sie könnten ja doch nicht weiter helfen.

Im inneren Bereich der Manege zwischen den verstreut herumstehenden Podesten die offenbar für eine Tierdressur aufgestellt waren hatte Schnuppke Kaluppke eine Bewegung wahrgenommen.

Es war nur das leichte Rieseln von etwas Sägespäne die überall verstreut war, kaum wahrnehmbar aber Schnuppke hatte wirklich ausgezeichnete Sinne.

Eben war der Kommissar aufgestanden und sagte: „Ich muss sie noch bitten, mir kurz zu zeigen wo der Direktor gestern mit ihnen überall entlang gegangen ist und was er ihnen erzählt hat. Auch wenn ihnen das unwichtig erscheint möchten wir doch gerne alles wissen was sich hier zugetragen hat. Müssen wir ihre Hunde solange irgendwo einsperren oder bleiben die friedlich hier?"

„Also einsperren auf keinen Fall, das würde sie wirklich quälen. Die sind so gut erzogen, die brauchen nicht mal eine Leine, wenn ich sage Platz dann bleiben sie da liegen wo sie sind bis wir zurückkommen."

„Na wunderbar" meinte der Kommissar „dann können wir ja." Er machte eine einladende Handbewegung und ging hinter Herrchen und Frauchen hinaus. Die beiden Hunde, welche die ganze Zeit mit gelöster Leine zu Füßen ihrer Menschen gelegen hatten, sahen sich an.

„Meine Güte" sagte Schnuppke „das wird ja immer spannender. Hast du gesehen?"

Er machte eine kurze Bewegung mit seiner langen Nase in Richtung Manege und Wackelmax von Ü. antwortete: „Klaro, sofort bemerkt! Na, dann wollen wir mal."

Sie erhoben sich und gingen langsam in die Manege wo sie vorsichtig um die Podeste herumstrichen. Dann sahen sie sich Hektor gegenüber der auf dem Bauch in der Sägespäne lag und die beiden anblinzelte.

„Na so was" meinte Schnuppke „was liegst du hier herum? Dein Halsband haben wir dir mitgebracht wie versprochen. Kannst es dir aus der Fahrradtasche holen draußen wenn du dich beeilst, wir müssen sicher gleich wieder weg. Unser Auftritt ist ja wohl geplatzt."

„Ja" grinste Wackelmax „schon wieder eine hoffnungsvolle Karriere beendet bevor sie begonnen hat."

Aber Hektor lächelte nicht, er stöhnte nur leise vor sich hin und murmelte „Zu spät, alles zu spät."

„Was? Wieso zu spät? Solange die Fahrräder noch hier sind ist auch dein Halsband hier und du kannst es holen. Nur zu, das war dir doch so wichtig." sagte Schnuppke.

„Ich brauche das Halsband nicht mehr" flüsterte Hektor „Fräulein Mimi ist tot und mir geht es auch nicht gut."

„Tot? Wieso tot?" entfuhr es Schnuppke erschrocken „und wieso geht es dir nicht gut? Was ist denn hier bloß passiert, schnell erzähle bevor unsere Menschen zurückkommen."

Hektor erhob sich mühsam und versuchte sein Stöhnen zu unterdrücken.

„Er hat mich getreten, der Mistkerl, aber ich darf ihn ja nicht beißen, dann bin ich sofort weg von hier."

„Wer hat dich getreten, was ist denn bloß passiert? Lass dir doch nicht alles aus deiner langen Nase ziehen, wir haben nicht viel Zeit." Schnuppke wurde langsam nervös.

„Gestern Nacht, als alle schon in ihren Wagen schliefen kam Fräulein Mimi zum Lamawagen wo ich doch meinen Schlafplatz habe und hat mich unter dem Wagen hervorgezogen.

Sie wollte mein Halsband abmachen und als sie es nicht fand war sie sehr erschrocken. Dann lief sie zu ihrem Wagen zurück und kam kurz darauf wieder mit Fred, dem einen der Hochseilartisten.

Sie krochen beide unter dem Lamawagen umher und suchten dieses verdammte Halsband und weil sie es nicht finden konnten gingen sie wieder zurück zum Wagen von Fräulein Mimi.

Mich hat dieser elende Kerl am Nacken geschnappt und auch mitgezogen. Da hätte ich schon mal nach seiner Hand schnappen sollen, dann wäre das alles nicht passiert."

Er machte eine kurze Pause und blickte die Beiden niedergeschlagen an.

„Ja was denn, was ist passiert, erzähl weiter Hektor, alter Haudegen."

„Als wir bei Fräulein Mimi´s Wagen angekommen waren banden sie mich draußen mit einem Strick an und gingen hinein. Sie haben furchtbar gestritten, ich habe nicht alles verstanden weil sie sich Mühe gaben trotz des Streits nicht so laut zu schreien das die anderen Menschen etwas mitbekamen aber ich denke, er hat Mimi nicht geglaubt dass ich das Halsband verloren hatte. Er meinte wohl, sie wollte ihn betrügen. Plötzlich gab es ein poltern im Wagen und dann war alles still.

Fred kam heraus und nachdem er sich umgesehen hatte, ob auch niemand in der Nähe war hat er mir zwei kräftige Fußtritte verpasst, einen auf mein Hinterteil und einen in meine Seite. Seither kriege ich schlecht Luft und kann nur mit Schmerzen gehen."

Wie zum Beweis fing er etwas an zu röcheln aber es fiel ihm sichtlich schwer, zu erzählen.

„So ein verdammter Mistkerl" knurrte Wackelmax von Ü. empört „wenn ich den vor meine Zähne bekomme, dann soll er das büßen. Mir wird schon keiner etwas tun. Aber was ist denn dann weiter geschehen, erzähle doch bitte zu Ende."

„Mir war so schlecht und ich war so traurig dass ich erst gar nicht schlafen konnte.

Dann muss ich aber doch eingeschlafen sein denn auf einmal war es schon hell als ich aufwachte und hier im Lager herrschte große Aufregung.

Der Direktor hatte nach Fräulein Mimi gesehen weil diese nicht zum Frühstück erschienen war und das ist wohl noch nie passiert. Als er sie in ihrem Wagen gefunden hatte lag sie in ihrem Blut auf dem Fußboden.

Der Direktor hatte wohl gedacht, sie sei gestürzt und hat den Doktor aus dem Ort geholt aber der hat gleich nachdem er Mimi da liegen sah die Polizei angerufen. Seitdem herrscht hier dieser Trubel."

„Große Bratwurst" murmelte Schnuppke Kaluppke vor sich hin „das ist ja wohl die erstaunlichste Geschichte die ich je gehört habe. Darüber müssen wir erst mal ausgiebig nachdenken."

Er erhob sich und schlenderte zusammen mit Wackelmax von Ü. zu der kleinen Sitzgruppe zurück und sie legten sich neben dem Campingtisch auf den Boden. Hektor, der ihnen in Gedanken versunken hinterher getrottet war legte sich traurig daneben.

Jeder hing seinen Gedanken nach und eine kleine Weile hörte man nur das schwere Atmen von Hektor der immer noch schlecht Luft bekam. Dann hörten sie, wie von draußen Stimmen näher kamen und ihre Menschen betraten das Zirkuszelt.

Schnuppke und Wackelmax sprangen auf und begrüßten Herrchen und Frauchen schwanzwedelnd wie es sich gehörte.

Neben dem Kommissar war jetzt auch noch der Zirkusdirektor mit dabei.

„Na ihr Süßen" sagte Frauchen und holte zwei Hundekekse aus ihrer Jackentasche. Ihre Stimme war etwas belegt denn inzwischen hatte sie erfahren was hier geschehen war und das hatte sie ziemlich erschüttert.

„Na, der Hektor ist ja auch wieder da. Darf der auch etwas zum knabbern haben?" wandte sie sich an den Direktor.

Der nickte und blickte Hektor aufmunternd an woraufhin der große graue Hund auch einen Hundekeks entgegennahm.

„Was ist denn das für ein Hund? Gehört der Ihnen?" wandte sich der Kommissar an den Direktor. „Wie ist der denn hier hereingekommen, den habe ich ja noch gar nicht gesehen."

„Hektor ist das einzige Tier welches hier überall frei herumlaufen darf." Seine Witze waren dem Direktor vergangen.

„Er gehört offiziell Fräulein Mimi aber eigentlich ist er uns allen ans Herz gewachsen. Er geht gerne zu Jedem hier aus der Truppe und ist zu allen freundlich denn er wird ja auch von allen gut behandelt.

Er wohnt natürlich nicht in einem der Wohnwagen und einen Käfigwagen hat er auch nicht. Er schläft unter dem Wagen der beiden Lamas, der steht zwischen den Wagen von Frank und Fred und dem Wagen von Fräulein Mimi."

„Aha, der Hund von Fräulein Mimi, so so" meinte der Kommissar nachdenklich.

Dann wandte er sich an Herrchen: „Der Herr Direktor hat mir erzählt, sie sprachen mit ihm darüber, dass Fräulein Mimi bei ihnen zu Hause gewesen ist. Ist das so richtig?"

„Äh, ja, stimmt, das hatte ich ganz vergessen zu erzählen. Ist ja aber auch wohl nicht so wichtig, das war ja gestern Morgen schon und nicht hier im Zirkus, hat ja keinen Zusammenhang mit dem Unfall hier."

Aus irgendeinem Grund war Herrchen flau im Magen.

„Na gut" meinte der Kommissar „dann will ich ihnen mal anvertrauen, warum hier jedes noch so unwichtig erscheinende Detail für uns dennoch sehr wichtig sein kann. Dass ich von der Mordkommission bin wissen sie ja bereits, das muss natürlich nicht heißen, dass es sich hier um einen Mord handelt. Aber ob ja oder nein, das wollen und werden wir herausbekommen.

Wir wissen jedenfalls mit absoluter Sicherheit, dass die Dame nicht einfach ausgerutscht oder gestolpert ist und dabei zu Tode kam, zu Einzelheiten darf ich mich nicht weiter äußern.

Aber es ist unbedingt erforderlich, dass der Tagesablauf von Frau Hansen für die letzten sechsunddreißig Stunden so genau wie möglich rekonstruiert werden kann. Jede Kleinigkeit, auch wenn diese ihnen bedeutungslos erscheint, kann für uns wichtig sein.

Also schildern sie mir bitte genau, was sich gestern Morgen in ihrem Haus zugetragen hat soweit es ihre Begegnung mit Frau Hansen betrifft."

Herrchen sah den Kommissar verblüfft an „Frau Hansen? Wer ist Frau Hansen?"

Der Direktor sagte: „Fräulein Mimi heißt in Wirklichkeit Renate Hansen und stammt aus Flensburg. Ihr ganzes Auftreten und ihre äußere Erscheinung war nur für ihre Rolle hier im Zirkus."

„Ach" entfuhr es Herrchen „dann ist sie also gar keine Zig-
- äh ich meine natürlich Sinti oder Roma oder so. Und der
ganze alte Goldschmuck der an ihr herumhing war dann
wohl auch nicht echt?"

„Natürlich nicht" erwiderte der Direktor „der Zirkus ist
unser Leben, ganz klar, aber wir machen das hier alles bestimmt nicht um reich zu werden. Wir haben unser Aus-
kommen, ja, aber wegen des Geldes geht niemand zum
Zirkus. Und wirklich wertvollen, echten Schmuck besitzt
hier sicher auch niemand.

Der meiste Schmuck ist hier ja auch für die Tiere, das gehört einfach dazu, der ganze Glitzerkram.

Fräulein Mimi hatte immer viel Freude daran, diese ganzen
Sachen selber herzustellen, da hatte sie viel Talent. Neben
ihren eigenen goldfarbenen Ketten und Ringen sind die
großen Halsbänder der beiden Lamas und das Halsband
von Hektor mit seinen schönen Strass- Steinen am Schöns-
ten geworden, da hat sie auch ständig etwas dran verän-
dert oder wie sie immer sagte, verschönert."

Schnuppke Kaluppke und Wackelmax von Ü. starrten Hektor an und der blickte traurig von unten nach dem Direktor.

„Nanu" meinte dieser „wo hast du denn dein Halsband?
Jetzt wollte ich mal was zeigen und du hast es gar nicht
um. Liegt bestimmt in Fräulein Mimi´s Wagen."

„Also" sagte der Kommissar „in Frau Hansens Wagen haben wir nichts gefunden was nach Schmuck aussah außer

den Sachen die sie am Körper trug und da war kein Hundehalsband dabei.

Ich würde vorschlagen, wir gehen gemeinsam mal zu den Lamas und sehen beim Hundeschlafplatz nach dem Halsband. Ich mag keine Details in meinen Fällen die mit Fragezeichen versehen sind, auch wenn es unwichtig erscheint."

Zu Herrchen gewandt meinte er „sie können mir ja beim gehen alles erzählen was sich gestern Morgen zugetragen hat, dann sparen wir Zeit. Die beiden weißen Hunde müssen hierbleiben aber der große kommt mit, vielleicht kann er uns ja zeigen, wo sein Halsband liegt."

Sie verließen alle zusammen das Zelt und als der Direktor bemerkte, dass Hektor nur leicht humpelnd voran kam sagte er: „Was ist denn nun wieder mein Kleiner, hast du dich verletzt?

Zeig mal deine Pfoten ob da ein Dorn drin steckt oder so."

Er untersuchte alle Pfoten, konnte aber nichts finden. Beim Anheben des rechten Hinterlaufs fiepte Hektor leise vor Schmerz und Herrchen meinte „Da hat er sich wohl irgendwie gezerrt."

„Scheint so" erwiderte der Direktor und seufzte. „Sonst hat sich Fräulein Mimi ja um so etwas gekümmert aber die Gute ist ja nicht mehr. Da müssen wir wohl den Tierarzt bemühen wenn das in zwei Tagen nicht besser wird."

Sie waren jetzt fast am Wagen der Lamas angekommen der zwischen dem der Hochseilartisten und dem von Fräulein

Mimi stand. Der Wagen von Frank und Fred war ein sehr großer, malerischer alter Zirkuswagen wie aus einem Bilderbuch.

An der Seite gab es eine Markise die jetzt heraus gerollt war und eine davor im Gras stehende kleine Sitzgruppe vor der abendlichen Sonne schützte. Die Sitzgruppe bestand aus vier kleinen Sesseln aus Rattan Geflecht mit losen Kissen und einem kleinen Rattan Tisch mit einer Glasplatte.

Auf einem der Sesselchen saß Fred und beobachtete die Näherkommenden.

Er war ein sehr schlanker, großgewachsener Mann mit kräftiger Muskulatur im Oberkörperbereich was man jetzt gut bewundern konnte da er zu einer kurzen Jeans nur ein verwaschenes Unterhemd trug.

Er war von der Sonne gebräunt und trug zu einer etwas aus der Mode gekommenen aschblonden „vokuhila" Frisur, also „vorne kurz, hinten lang", ein dünnes Oberlippenbärtchen.

Plötzlich fing Hektor an zu knurren und fletschte die Zähne in Richtung Fred. Der Direktor war sehr erstaunt darüber und Herrchen hörte auf, dem Kommissar zu berichten was dieser hören wollte als Hektor mit gesträubtem Nackenfell zu bellen anfing.

„Na, Hektor, aus" rief der Direktor „das hat es ja noch nie gegeben, dass du einen von uns anbellst und dann auch noch das Geknurre."

„Na, interessant" murmelte der Kommissar und ging zu der kleinen Sitzgruppe hin, „dürfen wir uns einen Moment zu ihnen setzen? Vielleicht können sie uns ja etwas zu einem verschwundenen Hundehalsband erzählen, sie wohnen ja gewissermaßen Tür an Tür mit dem Hund"

Fred wurde schlagartig blass aber er fing sich gleich wieder und lud die Angekommenen freundlich ein, Platz zu nehmen. Dem Kommissar war das kurze Stocken aber nicht entgangen und er spürte, dass dieser Fred noch zur Lösung des Falles beitragen konnte.

Fred bemühte sich, so freundlich und unverfänglich wie möglich zu agieren

„Möchten sie eine Tasse Kaffee, die Maschine ist gerade fertig geworden" fragte er während er einen kleinen Klappstuhl an den Tisch stellte damit sie sich alle setzen konnten.

„Ja Fred, gib du mal einen aus" meinte der Direktor „ aber sag mal, was ist denn mit Hektor los, so hat der sich ja noch nie aufgeführt."

Alle hatten Platz genommen und Fred brachte die Kaffeekanne und einige winzige Tassen die er mit Kaffee füllte. Hektor hatte sich verzogen, er war ein paar Schritte weiter unter den Lamawagen gegangen und hatte sich dort verkrochen.

„Tja" meinte Fred „das weiß ich auch nicht. Vielleicht ist es ja, weil Fräulein Mimi nicht mehr da ist, die Tiere sind ja so sensibel und benehmen sich manchmal seltsam."

Der Kommissar rührte nachdenklich in seiner kleinen Tasse herum und sagte dann zu Fred:

„Von dem Halsband wissen sie aber nichts? Vielleicht ihr Partner? Ist der auch da?"

„Äh, nein, der ist mit dem Bus in die Stadt gefahren weil er seine Medizin braucht. Wir wissen ja, dass wir im Moment alle hierbleiben sollten aber er kommt ja bald zurück. Und das Halsband.... was haben sie nur mit dem Halsband. Das hat er sicher irgendwo verloren, macht doch nichts, Mimi macht ihm eben ein neues."

Dann fiel ihm wohl ein, dass Fräulein Mimi bestimmt kein Halsband mehr machen würde und er schwieg abrupt.

Schnuppke Kaluppke und Wackelmax von Ü. lagen allein in dem großen Zirkuszelt und überlegten, jeder für sich, was nun wohl zu tun sei.

Sie waren sehr nachdenklich denn ein solcher verzwickter Fall war ihnen noch nie zu Ohren gekommen.

„Meine Güte Wackel" sagte Schnuppke schließlich „sind wir nun Spürnasen oder nicht? Entdecken wir die geheimsten Geheimnisse oder nicht? Wir müssen jetzt irgendwas unternehmen damit die Dinge ins Rollen kommen."

„Tja, das wird nicht so einfach sein" entgegnete Wackelmax „wenn wir hier aufstehen und das Zelt verlassen gibt es auf jeden Fall Ärger mit Frauchen. Dann kann sie nämlich nicht mehr so stolz auf uns sein und erzählen, wie gut wir erzogen sind und so weiter.

Andererseits finde ich auch, dass wir unbedingt etwas für Hektor tun müssen. Ich glaube, das ist ein echter Pfundskerl. Nur, was können wir denn tun?"

„Also, wir können nur etwas Schwung in die Sache bringen und dann hoffen, dass die Menschen von alleine darauf kommen wie hier der Hase läuft."

Bei dieser Bemerkung machte sich in seinem Kopf sofort das Bild eines laufenden Hasen breit und er geriet ein wenig ins Stocken. Dann fuhr er fort:

„Wir bringen das Halsband zum Schlafplatz von Hektor, dann findet er es entweder selber oder einer der Menschen. Egal was, irgendetwas wird dann schon passieren und vielleicht fällt uns ja später etwas Geniales ein, wie wir weitermachen können."

„Gut" meinte Wackelmax „was Besseres fällt mir auch nicht ein. Wenn wir schnell laufen sind wir zurück bevor die Menschen wiederkommen und keiner hat gesehen, dass wir weg waren. Da brauchen wir auch etwas Glück aber das könnte klappen."

Schnuppke nickte und sie sprangen beide auf und steckten ihre Nasen aus dem Zelt.

„Keiner zu sehen, jetzt los" flüsterte Schnuppke obwohl niemand in der Nähe war der sie hätte hören können.

Sie liefen zu den Fahrrädern die nur wenige Schritte entfernt an einem Holzpfosten lehnten und Wackelmax schnappte das Halsband von Hektor aus der Satteltasche bei der die Abdeckung nur lose über die Seite hing.

Dann stürmten sie los, um das große Zelt herum in Richtung auf die Zirkuswagen zu wobei sie hofften, dass es nicht so schwer sein würde, den Wagen mit den Lamas zu finden unter dem Hektor seinen Platz hatte.

Sie liefen dicht an dem ersten Wagen vorbei ohne aufzublicken um zu erfahren wer diesen wohl bewohnte denn da verließen sie sich ganz auf ihre Nasen. Wenn sie bei den Lamas waren würden sie es sofort merken, der Geruch war ihnen von Hektor gut bekannt.

Als sie um die Ecke des zweiten Wagens bogen konnten sie gerade noch stoppen, beinahe wären sie in die kleine Sitzgruppe mit ihren Menschen und den anderen gerannt.

„Na sowas" rief Frauchen überrascht „was macht ihr denn hier? Das ist aber gar nicht in Ordnung, das hätte ich ja nicht von euch gedacht"

Sie erholte sich von ihrer Überraschung und wurde ziemlich ärgerlich.

Aber Wackelmax, der sich noch schneller von seiner Überraschung erholt hatte legte das Halsband vor ihr auf den Tisch und setzte seinen treuesten Dackelblick auf den er zustande brachte.

Schnuppke setzte sich neben ihn und sah Frauchen an, als wenn er kein Wässerchen trüben könnte und als ob er eine Belohnung dafür erwartete, dass sie ihre Menschen wiedergefunden hatten.

„Ach ihr kleinen Süßen" sagte Herrchen „da haben wir es wohl etwas übertrieben mit dem allein lassen" und kraulte Beide gleichzeitig hinter den Ohren.

„Nanu, das ist ja das Halsband von Hektor" rief der Direktor überrascht „dann hat er das wohl vorhin im Zelt verloren und der Weiße hier hat es gefunden. Komisch, ich hatte nichts bemerkt."

Er nahm das Halsband vom Tisch und besah es von allen Seiten.

„Da können sie mal sehen, wie geschickt Fräulein Mimi diese Sachen gemacht hat. Sieht richtig echt aus, auch wenn es viel zu viele Steine in so einem kleinen Halsband sind.

Aber so ist das nun mal bei uns im Zirkus: Da muss es glitzern was das Zeug hält.

Die Halsbänder der beiden Lamas sind noch viel breiter und irgendwie klebte Fräulein Mimi ständig weitere Steine dazu. Schön Bunt auf jeden Fall."

Er legte das Halsband auf den Glastisch und blickte sich in der Runde um.

Der Kommissar, der bemerkt hatte, dass Fred ganz steif geworden war als das Halsband auftauchte nahm dieses vom Tisch und sah es sich an.

Nichts Ungewöhnliches, viele bunte Steine aber kein kleiner Reißverschluss oder ein kleines Innenfach für die Adresse des Hundes. Warum war Fred nur so nervös? Er legte das Teil vor sich auf den Tisch und meinte: „Na, dann ist ja mal wieder ein Rätsel gelöst."

Fred räusperte sich und sagte: „Ich kann Hektor sein Halsband ja nachher anlegen. Geben sie es mir bitte?"

Der Kommissar sah ihn an und meinte: „Na, so wie der sie vorhin angeknurrt hat? Sie sind aber mutig. Aber bitte, wenn sie wollen."

Er schob das Halsband zu Fred hinüber und ein schreckliches, hässlich kratzendes Geräusch ertönte. Auf der Glasplatte des Tisches zeigte sich ein langer Kratzer. Fred wollte das Halsband an sich nehmen aber der Kommissar war etwas schneller und zog es zurück.

„Donnerwetter, was ist denn das? Kratzer auf Glas machen doch nur echte Steine. Wenn die hier echt sind, dann ist das Ding ein Vermögen Wert."

„Unsinn" krächzte Fred heiser „da war wohl nur ein Sandkorn auf der Tischplatte. Geben sie mir bitte das Halsband." Er griff danach und wollte es aus der Hand des Kommissars nehmen aber dieser war aufgestanden.

„Sandkorn, wie? Sie machen einen seltsamen Eindruck auf mich Herr Fred. Ich möchte mich gerne mal etwas in ihrem Wagen umsehen wenn sie nichts dagegen haben."

„Aber wieso denn?" Fred standen Schweißperlen auf der Stirn. „Die Kollegen von ihnen waren doch heute Mittag schon bei uns im Wagen, was soll denn das?"

„Warum sind sie denn so nervös? Herbert, kommst du mal rüber bitte?"

Er rief einen der Polizisten herbei die noch immer die Wiese nach irgendetwas absuchten. Dieser kam heran und sie gingen ein paar Schritte abseits um miteinander zu reden.

Dann gingen sie die etwa zwanzig Schritte bis zu den Lamas und kamen gleich wieder zurück.

„Herr Direktor, sie haben erzählt, die Lamas hätten ähnlichen Halsschmuck wie diesen hier. Die haben aber keinen Halsschmuck, nichts zu sehen."

Der Direktor sah ihn geistesabwesend an aber dann sagte er: „Natürlich nicht, den Glitzerkram kriegen sie nur während des Auftritts um den Hals. Sie würden ihn sonst an den Stangen des Käfigwagens kaputtscheuern."

„Und wo ist das Zeug jetzt wenn ich fragen darf?"

„Na, das hat natürlich immer Fräulein Mimi in ihrer Obhut. Sie war ja auch ständig mit Reparaturen und Verbesserungen beschäftigt. Die Sachen müssen in ihrem Wagen liegen."

„Da sind sie aber nicht und wenn die von dem gleichen Kaliber wie dieses Hundehalsband sind dann stellen sie einen enormen Wert dar. Das lässt den vermeintlichen Unfall in einem ganz anderen Licht erscheinen. Würde vielleicht auch die Kratzer und blauen Flecken in Fräulein Mimi's Gesicht und an ihrem Hals erklären" meinte er und sah dabei Fred scharf an.

„Was sehen sie mich denn so an? Sie wollen mich doch wohl nicht verdächtigen? Das muss ich mir nicht bieten lassen."

Er stand auf und wollte in seinen Wagen gehen aber der Kommissar hielt ihn zurück:

„Moment bitte, bis jetzt habe ich nichts gesagt von verdächtigen. Aber trotzdem werden sie wohl nichts dagegen haben wenn wir uns doch noch einmal etwas näher in ihrem Wagen umsehen. Herbert, kommst du mal?"

Der andere Polizist winkte zwei weitere Kollegen heran und verschwand mit ihnen im Wagen der Hochseilartisten.

Fred ließ sich wieder in seinen kleinen Sessel fallen und sah sehr niedergeschlagen aus.

Dann erhob er sich wieder und sagte: „Ich müsste mal kurz austreten, bin gleich zurück. Trinken sie gerne noch etwas Kaffee."

Er ging davon in Richtung des Sanitärwagens welcher am anderen Ende der im Halbrund aufgebauten Zirkuswagen stand.

Auch Herrchen erhob sich jetzt und meinte, dem Kommissar zugewandt: „Ich glaube, es ist Zeit für uns, aufzubrechen. Wir haben ihnen alles erzählt was wir wissen. Unsere Personalien haben sie ja, wenn es noch Fragen geben sollte wissen sie also wo sie uns finden. Viel Erfolg."

Nun hatte sich auch Frauchen erhoben und nachdem sie sich vom Direktor verabschiedet hatten gingen sie zu ihren Fahrrädern und fuhren mit den nicht angeleinten Hunden davon.

„Schade" meinte Wackelmax von Ü. zu seinem wirklich allerbesten Freund Schnuppke Kaluppke „ich hätte gerne noch mal mit Hektor gebellt. Hoffentlich geht es ihm wieder besser jetzt."

„Ja, das ist wirklich schade aber ich habe so ein ganz komisches Gefühl als wenn wir ihn noch mal wieder sehen werden" antwortete Schnuppke.

FLUCHT

Sie waren jetzt schon ein gutes Stück auf der Landstraße vorangekommen die sich leicht hügelig und kurvig zwischen vereinzelten Waldstücken dahinzog als sich von hinten ein Auto näherte. Herrchen und Frauchen hielten am Straßenrand an und forderten ihre beiden Hunde auf, sitz zu machen bei ihnen.

Der Wagen kam rasch näher und fuhr mit unverminderter Geschwindigkeit an der Gruppe mit Menschen und Hunden vorbei wodurch er sie in eine Staubwolke hüllte die er aufgewirbelt hatte.

„So eine Rücksichtslosigkeit" hustete Frauchen „Hast du gesehen wer das war? Dem würde ich gerne mal ein paar Takte erzählen, so ein Verkehrsrowdy."

Schnuppke und Wackelmax hatten die Augen und die Ohren zugeklappt und warteten geduldig darauf, dass der Staub der Landstraße sich wieder legte.

„Ich glaube da saßen zwei Frauen drin, mit langen lockigen Haaren" meinte Herrchen „auf jeden Fall war das der kleine Opel Corsa vom Zirkus, die Reklame an der Tür konnte ich sehen. Da wissen wir ja, an wen wir uns wenden müssen wenn wir uns beschweren wollen."

„Deine Bemerkungen zum Thema FRAU AM STEUER kannst du dir jedenfalls sparen" sagte Frauchen die sich mit einem Papiertaschentuch die Augen vom Staub gesäubert hatte.

„Hab doch gar nichts gesagt" murmelte Herrchen vergnügt vor sich hin als sie wieder auf die Räder stiegen und ihre Fahrt fortsetzten.

Rechts lag ein kleines Wäldchen um das sich in einer langgestreckten Kurve die Straße herumzog und kurz vor dem Ende des kleinen Waldstückes konnte man den Opel mit der Zirkusaufschrift am Straßenrand stehen sehen.

„Na, das passt ja" meinte Herrchen „da können wir ja gleich mal unseren Frust loswerden."

Als sie herankamen bemerkten sie, dass niemand zu sehen war. Sie stellten ihre Räder auf die Ständer und sahen in das Auto hinein konnten aber nichts bemerken.

Die beiden Hunde liefen aufgeregt schnüffelnd um den Wagen herum.

„Das ist ja wohl eindeutig, hier ist was faul" knurrte Schnuppke Kaluppke und Wackelmax erwiderte „stimmt, das eine ist dieser verdammte Kerl der Hektor getreten hat und der andere riecht so ähnlich.

Die sind beide in den Wald gelaufen, ich meine, da müssen wir hinterher, egal ob das dann Ärger mit Frauchen gibt oder nicht."

„Sehe ich auch so. Also dann mal los."

Sie liefen, beide ihre Nasen dicht am Boden, in den Wald hinein um der Spur der beiden Zirkusleute zu folgen ohne sich um die Rufe von Herrchen und Frauchen zu kümmern.

Nach kurzer Zeit bereits konnten sie nichts mehr hören.

„Die riechen so sehr nach Zirkustieren dass man die nicht mal mit einem Schnupfen verlieren könnte" meinte Schnuppke zufrieden und Wackelmax schnaufte: „sicher, aber etwas langsamer geht es auch, oder nicht? Ich muss schließlich ein bisschen mehr Gewicht mitschleppen als du."

„Selbst Schuld, warum mopst du auch immer meine Leckerli" grinste Schnuppke schadenfroh.

Das war einer der Punkte, über die er sich furchtbar aufregen konnte aber er beruhigte sich auch immer schnell wieder wenn Wackelmax ihn ausgetrickst und um einen Hundekeks gebracht hatte.

Sie kamen auf der anderen Seite wieder aus dem Wäldchen heraus und folgten der Duftspur zu einer kleinen Brücke, eher ein Steg mit Geländer, die über ein kleines Bächlein führte.

Wackelmax stoppte vor dem Betreten der Brücke ab und schnüffelte etwas abseits davon bei einem dichten Gebüsch herum.

„Hier liegt etwas, eine Tüte oder Tasche, riecht sehr stark nach allem was wir im Zirkus schnuppern konnten. Das sind hier aber sehr viele Dornen, da komme ich nicht ran ohne meine Nase zu zerkratzen. Das lassen wir lieber. Ich glaube, wir sollten besser zurückgehen, die Beiden kriegen wir doch nicht mehr, sind schon zu weit weg.

Ihre beiden Menschen standen am Straßenrand und schauten kopfschüttelnd ihren Hunden hinterher als diese schnüffelnd im Wald verschwanden.

„Was soll denn das nun wieder" sagte Herrchen „ich glaube, wir müssen sie in Zukunft an der Leine führen, das mache ich so nicht mehr mit. Wenn der Förster sie erwischt wenn sie im Wald hinter einem Reh her sind dann knallt er sie ab. Wären nicht die Ersten."

Plötzlich hörten sie erneut, wie von hinten ein Auto herankam. Es war ein gelber BMW Kombi den sie auch schon beim Zirkus hatten stehen sehen und als er näherkam wurde er langsamer und hielt hinter dem Corsa an. Auf der Fahrerseite entstieg dem Wagen der Kommissar mit seiner gelben Jacke und auf der anderen Seite der Kollege den er mit Herbert angesprochen hatte, wahrscheinlich sein Assistent.

„Wo ist der Kerl?" rief der Kommissar ihnen zu als er um den Opel herumgegangen war.

„Wieso Kerl, da saßen zwei Frauen drin, die hätten uns beinahe über den Haufen gefahren, rücksichtslose Raserei" antwortete Frauchen, die immer noch etwas aufgebracht war.

„Was? Zwei Frauen? Kann nicht sein. Können sie die näher beschreiben?" rief der Kommissar dem die Überraschung deutlich anzusehen war.

„Ich habe sie gesehen, nicht meine Frau" warf Herrchen ein „nur undeutlich zwar denn die sind wirklich wie die Verrückten an uns vorüber gebraust aber sie hatten beide langes, welliges Haar, das konnte ich gerade noch erkennen bevor ich mich wegen der riesigen Staubwolke umdrehen musste."

„Hm" meinte der Kommissar zu seinem Assistenten „da hat er wohl seinen Partner gefunden."

Zu Herrchen gewandt sagte er: „Der Fred mit seinen kleinen Kaffeetassen hat uns ausgetrickst. Peinlich aber wahr. Er ist auf der Rückseite des Toilettenwagens aus dem Fenster geklettert und mit dem Opel hier davongefahren.

Er und sein Partner Frank sind nicht nur Hochseilartisten sondern sie treten auch noch als Clowns auf. In dieser Verkleidung fahren sie auch mit dem kleinen Opel in der Gegend herum um überall wo das erlaubt wird Plakate aufzuhängen.

Er muss seinen Partner gesehen haben als der aus der Stadt zurückkam. Wahrscheinlich sind sie Beide mit dem Corsa getürmt und haben sich ihre Clowns Perücken aufgesetzt die sicher noch im Auto lagen.

Der Direktor hatte uns aber schon gesagt dass sie nicht weit kommen würden, der Benzintank war nämlich fast leer.

Im Wagen von Fred haben wir nichts Auffälliges gefunden, weiß nicht, warum er so überstürzt abgehauen ist aber er wird schon seine Gründe haben dafür.

Na, weit kommen die nicht, die Fahndung ist schon eingeleitet."

Er sah sich um und fragte dann: „Wo sind denn ihre Hunde?"

„Tja" meinte Herrchen „das wissen wir auch nicht so genau aber sie haben hier am Auto irgendwas gewittert und sind dann schnüffelnd im Wald verschwunden. Ich dachte schon, dass von diesem Auto vielleicht ein Reh oder ein Hase angefahren wurde und sich dann in den Wald geschleppt hat. Die Hunde würden das natürlich merken. Aber ich glaube, dann müssten hier auch Blutspuren sein, so wie die gerast sind, und das hätte wohl auch kein Tier überlebt.

Ansonsten weiß ich auch nicht, hinter was die Beiden her sind."

„Auf jeden Fall müssen wir hier warten bis sie zurückkommen, die kommen immer zu ihrem Ausgangspunkt zurück" meinte Frauchen „sie irgendwo zu suchen hat überhaupt keinen Zweck."

„Wir müssen hier auch noch warten" sagte der Kommissar „bis die Spurensicherung kommt, kann aber nicht mehr lange dauern."

Er blickte die Straße entlang in die Richtung in der der Zirkus gastierte und rief: „Na bitte, sind sie also fertig beim Zirkus, da kommen sie ja."

Der VW Bus der Polizei hielt vor dem Corsa an und die Beamten machten sich nach einem kurzen Gespräch mit dem Kommissar an die Arbeit. Sie untersuchten den kleinen Opel grob und bestellten dann einen Abschleppwagen der das Zirkusauto ins Präsidium in die Stadt bringen sollte weil man dort in der Werkstatt für solche Fälle gerüstet

war und eine genaue Untersuchung des Fahrzeugs ange-
bracht erschien.

„Wir fahren jetzt auch in die Stadt zurück" meinte der
Kommissar zu Herrchen „wir müssen die Steine in dem
Hundehalsband von unseren Experten untersuchen lassen.
Wenn die wirklich echt sind dann wurden sie wahrschein-
lich irgendwo gestohlen.

Die rechtmäßigen Besitzer zu finden wird eine schöne
Fleißarbeit werden. Und wo die beiden Halsbänder der
Lamas geblieben sind werden wir wohl erfahren wenn wir
Fred und Frank erst gefasst haben."

Er verabschiedete sich und fuhr mit seinem Assistenten in
seinem gelben Auto davon.

Die Leute von der Spurensicherung saßen in ihrem Bus
und warteten auf den Abschleppwagen während Herrchen
und Frauchen immer wieder in den Wald hinein die Namen ihrer beiden Hunde riefen.

„Da brauchen wir wohl noch etwas Geduld" sagte Frauchen gerade als plötzlich die beiden Weißen im Unterholz
auftauchten.

„Jetzt mach dich auf was gefasst" hechelte Wackelmax von
Ü. zu seinem wirklich allerbesten Freund.

Herrchen und Frauchen standen neben ihren Fahrrädern,
stemmten die Fäuste in die Seiten und versuchten, möglichst grimmig auszusehen.

Die Hunde kamen langsam näher, legten sich vier Schritte
vor ihren Menschen flach auf den Boden und robbten noch
einen Schritt weiter heran. Die Schnauzen waren auf den

Boden gepresst und man versuchte, möglichst reumütig und schuldbewusst von unten herauf zu blicken.

So ließen sie das Donnerwetter geduldig über sich ergehen.

Als sie anschließend angeleint neben den Fahrrädern herlaufen mussten war Schnuppke ganz zufrieden:

„Ich glaube, sie sind uns nicht wirklich böse. Wenn wir erst zuhause sind kriegen wir bestimmt noch einen Keks, wirst schon sehen."

Wackelmax war ganz seiner Meinung „Eigentlich waren wir doch mal wieder unvergleichlich brav, bis auf einen kleinen Ausrutscher.

Ich glaube, mein treuer Blick hat schon etwas gewirkt."

Als sie alle wieder zu Hause waren gab es tatsächlich noch eine kleine Knabberstange für jeden, weil sie ja so viel durchmachen mussten heute, wie Frauchen sagte.

VERGEBLICHE SUCHE

Am nächsten Tag, an dem Herrchen und Frauchen über fast nichts Anderes geredet hatten als über die gestrigen Ereignisse, kam am späten Nachmittag das gelbe Auto des Kommissars ins Dorf gefahren und hielt vor dem Haus in dem die Hunde mit ihren Menschen wohnten.

Der Kommissar war alleine gekommen und klingelte an der Eingangstür woraufhin er eingelassen wurde und man ihn nötigte, auf der Terrasse einen Becher Kaffee zu trinken.

„Tja" begann er, nachdem er auch die beiden weißen Schäferhunde begrüßt hatte, „das tut mir ja jetzt leid für sie die sie so zufällig und ohne eigenes Zutun in diese Sache hineingeschlittert sind. Wir müssen sie noch einmal belästigen und ihr Grundstück und den Eingangsbereich des Hauses untersuchen, das lässt sich nicht vermeiden.

Den Grund dafür werde ich ihnen jetzt natürlich erklären.

Wir haben Fred und Frank heute Morgen auf dem Bahnhof der Kreisstadt gefasst als sie sich aus dem Staub machen wollten. Sie hatten von einem der Bauernhöfe hier in der Nähe ein Mofa entwendet und sind damit in die Stadt gelangt.

Sie bestreiten aber alle Vorwürfe zu eventuellen Taten im Zusammenhang mit den Edelsteinen und auch mit dem Ableben von Frau Hansen oder Fräulein Mimi."

„Aber warum sind sie dann geflüchtet?" warf Herrchen ein.

„Sie behaupten, weil sie Beide vorbestraft sind und die Polizei ihnen angeblich nicht geglaubt hätte und ihnen etwas anhängen wolle um einen Schuldigen präsentieren zu können und ähnlichen Unsinn.

Tatsache ist allerdings, dass wir von den Lamahalsbändern keine Spur entdeckt haben und unsere Leute haben wirklich gründlich den ganzen Zirkus durchsucht, alle Fahrzeuge und die Wohnwagen aller dreizehn weiteren Artisten und Mitarbeiter. Nichts.

Es gibt sie ja aber und daher müssen wir unter anderem auch hier bei ihnen suchen denn es ist ja auch möglich, das Fräulein Mimi die Halsbänder an sich gebracht hat um die beiden anderen zu betrügen, nämlich wenn sie in die ganze Sache tiefer verstrickt war als wir zu Anfang noch glaubten.

Sie war aber auch hier bei ihnen auf ihrem Grundstück und wir halten es für möglich, dass sie eventuell die Sachen hier versteckt hat um sie später in Ruhe zu holen."

Schnuppke Kaluppke sah Wackelmax von Ü. an und dieser verdrehte verzweifelt die Augen.

„Sie glauben, alle drei haben zusammen kriminelle Dinger gedreht und Fräulein Mimi ist deswegen umgebracht worden? Das ist ja schrecklich. Mir wird ganz schlecht" stöhnte Frauchen und fasste sich mit der Hand an den Kopf.

„Sie denken wirklich, diese Frau hat gestohlenen Schmuck auf meinem Grundstück versteckt ohne dass wir das mitgekriegt hätten?

Das kann ich mir nicht vorstellen aber sie können natürlich überall suchen wo sie es für richtig halten.

Kann man denn nicht anhand von Fingerabdrücken belegen, ob einer der beiden Artisten in Fräulein Mimi's Wohnwagen gewesen ist? Der hätte es dann wohl schwer weiter zu leugnen."

Der Kommissar lachte bitter: „In jedem Wohnwagen der gesamten Truppe finden sich sämtliche Fingerabdrücke aller Mitarbeiter weil Jeder Jeden irgendwann einmal besucht, das ist wie eine große Familie.

Die beiden bestreiten fest, am Tag vor Fräulein Mimi's Tod in deren Wohnwagen gewesen zu sein und das Gegenteil können wir nicht beweisen. Wenn wir da weiter kämen, dann wüssten wir wahrscheinlich, wer für Ihren Tod verantwortlich ist."

„Wann wollen sie denn suchen bei uns? Wir sind ja auch nicht immer daheim" meinte Frauchen und der Kommissar erwiderte: „Die Kollegen müssten jetzt gleich kommen. Sie haben in diesem Ort noch zwei weitere Häuser ausfindig gemacht die dafür in Frage kämen.

Es wird auch nicht lange dauern und wir machen auch nichts kaputt.

Wir sind ihnen im Übrigen sehr dankbar, dass sie so mit uns kooperieren, das ist leider nicht immer so.

Aber es geht hier schließlich ja auch um den Tod eines Menschen, das ist schon eine schwerwiegende Angelegenheit."

An der Eingangstür klingelte es und der Kommissar meinte: „Das werden sie sein. Kann ich auch hier außen um das Haus herumgehen?"

Er konnte und nach einem kurzen Gespräch mit seinen Leuten begannen sie zusammen den Bereich zu untersuchen der für sie in Frage kam.

Nach knapp zehn Minuten war alles vorbei, der Kommissar brach die Suche ergebnislos ab.

Herrchen hatte sich die ganze Sache von der Straße aus angesehen und als der Kommissar sich verabschiedete fragte er ihn: „Was wird jetzt eigentlich aus Hektor, dem großen Hund von Fräulein Mimi. Wer wird sich in Zukunft um ihn kümmern?"

Der Kommissar entgegnete: „Einer von den Zirkusleuten wird sich schon seiner annehmen.

Die ganze Truppe verbringt den Winter in einem Ort mit Namen Sitges in Spanien wo die meisten von ihnen feste Häuser haben, auch Fräulein Mimi's Lebensgefährte lebt dort.

Die Tiere werden während der Zeit von einem kleinen Tierpark in Österreich betreut wo auch die Wagen solange eingelagert werden."

Er machte eine kleine Pause und fuhr dann fort: „Der Direktor ist mit dem Hund heute übrigens zum Tierarzt gefahren. Er lahmt doch ziemlich und spuckt auch ab und zu Blut. Der Direktor war ernstlich besorgt.

So, nun muss ich aber gehen. Vielen Dank nochmal für ihr Verständnis."

Der Kommissar stieg ein und fuhr davon.

DREI VERFOLGER

Am folgenden Tag meinte Herrchen beim Frühstück: „Eigentlich könnten wir doch heute noch einmal beim Zirkus vorbeisehen, das Wetter ist wunderbar und wir sollten es für eine kleine Radtour nutzen. Ich merke auch schon, wie ich langsam immer fitter werde, das Radeln tut mir offensichtlich gut."

Frauchen lachte: „Das glaube ich auch. Die Hunde haben natürlich auch viel Spaß an unseren Touren, das kann ich deutlich spüren."

Schnuppke blickte Wackelmax an und der Unterkiefer sackte etwas ab während sein wirklich allerbester Freund nur hilflos die Augen verdrehte.

„Aber was willst du denn noch einmal beim Zirkus? Ich dachte, du wolltest dich von allem was damit zu tun hat fernhalten" sagte Frauchen.

„Wollte ich auch aber inzwischen haben wir doch auch eine Menge damit zu tun, jedenfalls sehe ich das so.

Ich würde schon gerne wissen wie die ganze Sache weitergeht, und wenn der Zirkus erst mal weitergereist ist erfahren wir nichts mehr.

Dafür bin ich dann doch zu neugierig, gebe ich ehrlich zu."

Frauchen lachte hell und musste ihm zustimmen.

Also brachen sie nach dem Frühstück auf um in schon gewohnter Manier den Weg in Richtung auf den Zirkus im Nachbardorf einzuschlagen.

Die beiden Hunde durften wieder ohne Leine laufen, nicht ohne strengste Ermahnungen und Strafandrohungen für den Fall, dass sie wieder einfach im Wald verschwinden würden.

Schnuppke Kaluppke meinte: „Ist ja eigentlich ganz gut, dass wir nochmal dahin laufen müssen, vielleicht können wir doch noch etwas tun, um die Menschen auf die Wahrheit zu stoßen."

„Kann schon sein" antwortete Wackelmax von Ü. „auf jeden Fall müssen wir noch mal mit Hektor bellen, vielleicht ist dem ja noch was eingefallen, was man tun kann."

Sie liefen friedlich neben den Fahrrädern her und schon bald sahen sie den Zirkus am Ortsrand wo keine besondere Betriebsamkeit zu erkennen war.

Als sie hinter das große Zelt kamen um den Wagen des Direktors aufzusuchen sahen sie den gelben BMW des Kommissars dort stehen und Beide im Gespräch auf der kleinen provisorischen Terrasse vor dem großen Wohnwagen.

Zwischen diesem und dem Wagen von Fräulein Mimi standen noch vier andere Zirkuswagen. Dahinter war der Käfig mit den Lamas und dann die Unterkunft der beiden Hochseilartisten Fred und Frank.

Wenn irgendjemand der Mitarbeiter des Zirkusbetriebes anwesend war so konnte man doch im Augenblick niemanden bemerken.

Die beiden Hunde waren jetzt angeleint und als ihre Menschen sich dem Direktor und dem Kommissar näherten wurden sie aufgefordert, am Tisch Platz zu nehmen und eine Tasse Kaffee zu trinken.

Für Schnuppke und Wackelmax holte der Direktor eine Schüssel Wasser, von Hektor war aber nichts zu sehen.

„Tja" meinte der Kommissar als sie alle beisammen saßen und an ihren Tassen nippten „Fred und Frank mussten wir heute Morgen wieder laufen lassen, gegen sie liegt nichts vor dessentwegen man sie in Haft behalten könnte.

Ich bin mir ziemlich sicher, dass die Beiden, oder zumindest einer von ihnen, etwas mit den verschwundenen Edelsteinen und auch mit dem Tod von Fräulein Mimi zu tun haben.

Ich hatte gehofft sie hier zu treffen um sie womöglich bei einer Unachtsamkeit zu überraschen aber sie sind noch nicht wieder beim Zirkus aufgetaucht."

„Na" meinte Herrchen „die werden schon noch kommen, schließlich haben sie offenbar nichts zu befürchten und ihre ganze Habe werden sie wohl nicht im Stich lassen ohne Not.

„Es sei denn" fügte der Direktor an „sie haben tatsächlich eine Menge Schmuck erbeutet wie wir annehmen. Dann könnten sie sich schon abgesetzt haben und auf ihre Sachen verzichten.

So wertvollen Besitz hat keiner unserer Artisten dass man dafür ein Risiko eingehen würde."

„Im Übrigen lassen wir die Beiden natürlich unauffällig beobachten, das ist ja wohl klar" bemerkte der Kommissar „ich habe allerdings nicht ständig Kontakt zu unseren Leuten so dass ich nicht weiß, wo sie jetzt im Augenblick sind. Aber die gehen uns schon nicht verloren."

„Wie geht es übrigens Hektor?" richtete Frauchen jetzt das Wort an den Direktor „wir haben gehört, sie waren mit ihm beim Tierarzt in der Kreisstadt."

Der Direktor nickte und blickte sie ernst an.

„Ja, ich war mit ihm beim Tierarzt. Vorweg will ich aber sagen, dass es ihm jetzt etwas besser geht.

Der Doktor meinte, Hektor müsste einige sehr starke Schläge oder, noch wahrscheinlicher, Fußtritte bekommen haben.

Er hat ziemliche Schmerzen beim Bewegen aber der Doc meint, wenn er ein paar Tage lang Schmerzmittel nimmt wird sich das wieder geben, ist eine sehr starke Prellung an der Hüfte.

Ernsthafte innere Verletzungen konnten nicht festgestellt werden. Wenn sich seine Atmungsprobleme nicht wieder völlig legen im Laufe der nächsten Woche müsste er zum Röntgen wiederkommen."

Herrchen sagte: „Wieso Fußtritte? Das kann ich gar nicht glauben. Hier sind doch alle so tierlieb wie sie uns versichert haben, wer tritt denn den guten alten Hektor?"

„Sehen sie" antwortete der Zirkusboss „darüber grübele ich auch schon intensiv nach.

Den ganzen Tag vor Fräulein Mimi's Ableben ging es ihm blendend. Als ich sie dann morgens tot aufgefunden hatte lag der Hund angeleint vor ihrem Wagen und seitdem geht es ihm so schlecht.

Fräulein Mimi hätte ihn aber niemals misshandelt, dafür lege ich meine Hand ins Feuer. Sie hat ihn aber auch noch nie angebunden über Nacht. Ich verstehe das alles nicht."

Der Kommissar war aufgestanden und hatte sein Handy aus der Tasche geholt.

„Mir dämmert jetzt aber was, das kann ich ihnen sagen. Ich muss mal schnell zum Autotelefon, ich glaube, mein Handy ist leer, verdammt."

Er machte einen sehr aufgeregten Eindruck und stürzte zu seinem gelben Auto während sich die Anderen verständnislos ansahen.

„Wo ist Hektor denn jetzt?" wollte Frauchen wissen und der Direktor antwortete: „Er liegt unter dem Wagen der Lamas auf seinem Schlafplatz, da fühlt er sich wohl und geborgen.

Ich glaube, wenn er sich erst ein paar Tage ausgeruht hat wird er sich wieder völlig erholen."

„Vielleicht können unsere beiden Hunde ihn ja mal kurz besuchen, ich hatte den Eindruck, die verstehen sich ausgezeichnet."

„Keine schlechte Idee" meinte der Direktor und dann schlenderten sie alle zusammen zum Lamawagen hinüber während der Kommissar noch in seinem Auto saß und sichtbar aufgeregt telefonierte. Was er sagte konnten sie allerdings nicht verstehen.

Als sie bei Hektor angekommen waren mussten sie sich niederkauern um ihn auf seiner Decke liegen sehen zu können.

Herrchen nahm mit Erlaubnis des Direktors seinen beiden weißen Hunden die Leinen ab und ermunterte sie, zu Hektor unter den Wagen zu kriechen.

Dort war es zwar flach aber nach allen Seiten hin offen so dass Hektor sich nicht in seiner Höhle bedrängt fühlen würde die er dann verteidigen müsste.

Die Menschen richteten sich wieder auf und sprachen miteinander über die Ereignisse der jüngsten Vergangenheit während die Hunde sich unter dem Wagen trafen.

„Hallo Hektor, alte Hütte" meinte Schnuppke Kaluppke und war bemüht, gute Laune zu verbreiten, „wie geht es dir?"

„Hallo ihr zwei Hübschen" griente Hektor „ich kriege irgendwelche Tabletten, hab gar keine Schmerzen im Moment, kann eigentlich ganz gut laufen.

Müssen die Menschen aber nicht wissen."

Sie hörten, wie der Kommissar zu den anderen Menschen hinzutrat. Er hatte seine Telefonate offenbar beendet und redete zu den Anderen.

„Da hätte ich auch schon eher drauf kommen können.

Die Fußtritte für den armen Hektor hat dieser offensichtlich erst spät am Abend bekommen, als er nämlich angeleint vor Fräulein Mimi's Wagen lag. Vorher hatten sie, Herr Direktor, ihn ja noch bei guter Gesundheit gesehen.

Sie sagen, Fräulein Mimi hätte ihn niemals getreten oder geschlagen also muss Jemand bei ihr am oder im Wagen gewesen sein.

Wenn wir also herauskriegen wer Hektor getreten hat wissen wir auch wer noch spät abends dort war.

Auf unsere Befragungen hin haben aber sämtliche Mitarbeiter bestritten dort gewesen zu sein."

Er machte eine kurze Pause und gab den Anderen Zeit, das Gehörte zu verarbeiten.

„Wir haben es hier aber mit einem außergewöhnlichen Todesfall zu tun, deshalb hat unsere Spurensicherung natürlich sehr sorgfältig alles zusammengetragen was wir eventuell brauchen könnten um die Umstände aufzuklären. Natürlich auch Faserspuren und Dergleichen.

Jetzt kommt's: am Klettverschluss eines der Schuhe von Fred haben unsere Leute Tierhaare gefunden, ganz offensichtlich Hundehaare, da sind sie sich jetzt schon mal sicher.

Wenn wir nachweisen können, dass diese von Hektor stammen wissen wir, dass Fred gelogen hat als er bestritt am Abend dort gewesen zu sein.

Dann hat er ein Problem."

Herrchen meinte: „Wenn das so ist dann versuchen die Beiden vielleicht doch unterzutauchen ohne noch einmal hierher zurückzukehren."

„Das ist nun wiederum unser Problem" meinte der Kommissar kleinlaut „wir haben sie leider verloren, sie haben unseren Überwacher irgendwie ausgetrickst.

Sie werden versuchen, die Edelsteine zu holen von denen wir nicht wissen wo sie sie versteckt haben. Dann werden sie türmen wollen aber ich bin ganz sicher dass wir sie erwischen."

„Hm" meinte der Direktor „wenn sie sich bedrängt fühlen, wer weiß, sie haben schon ein Menschenleben auf dem Gewissen wenn das denn alles so ist wie sie vermuten Herr Kommissar."

„Verdammich" knurrte Schnuppke Kaluppke „wir wissen ja wohl wo sie die Klunker versteckt haben, was Wackel?"

„Ganz klar, mein Bester" fiepte Wackelmax von Ü. zurück „in diesem verflixten Dornengestrüpp am Bach natürlich.

Wir sollten hinlaufen um sie dort abzupassen, die Menschen schnuppern ja mal wieder nichts.

Das Donnerwetter hinterher können wir wohl ertragen aber die nächste Zeit geht es dann nur noch mit Leine, das ist klar."

„Ich komme natürlich mit" hechelte Hektor „mit Fred habe ich noch ein besonderes Hühnchen zu rupfen."

Bei dem Gedanken an ein gerupftes Hühnchen lief allen dreien das Wasser von den Lefzen.

„Ich habe momentan keine Schmerzen, kann also gut mitlaufen. Also, was ist? Geht's los?"

„Gut" meinte Schnuppke „es ist ja nicht einmal sehr weit von hier, einige Wiesen und kleine Waldstücke, die Gegend kennen wir eigentlich ganz gut weil unsere Menschen hier immer Pilze sammeln wenn es welche gibt.

Also los, hinten raus und leise."

Sie drückten sich alle drei auf der Rückseite des Käfigwagens ins Freie und liefen auf der den Menschen abgewandten Seite über die angrenzende Wiese auf das kleine Waldstück zu welches nicht mehr als ein paar hundert Meter entfernt war.

Die Menschen standen in einem kleinen Kreis beisammen und sprachen mit dem Direktor über dessen Pläne für die nahe Zukunft. Immerhin musste er auf drei seiner Mitarbeiter verzichten was das ganze Programm gehörig durcheinander wirbelte.

„Irgendwie müssen wir ein wenig improvisieren, der Zirkus muss auf jeden Fall weitergehen bis zum geplanten Saisonende. Die ausfallenden Programmnummern können wir kurzfristig nicht ersetzen aber wir werden uns schon noch etwas einfallen lassen."

Der Direktor stand mit dem Rücken zum Wagen mit den beiden Lamas und ihm gegenüber blickte der Kommissar ab und zu aufmerksam in der Gegend herum.

Er erwartete seinen Kollegen und im Unterbewusstsein glaubte er wohl auch, dass die beiden Artisten doch noch einmal beim Zirkus auftauchen könnten.

Als sein Blick wieder einmal über die Wiesen ging meinte er plötzlich: „Da hinten laufen auch ein paar Hunde herum, mitten in der Landschaft. Wenn der Jäger die sieht kriegen sie ein Problem.

Das manche Menschen aber auch überhaupt nicht auf ihre Tiere aufpassen können, kein Wunder dass es immer wieder Ärger gibt, dabei können die Tiere gar nichts dafür."

Herrchen ging blitzschnell in die Hocke und spähte unter den Wagen.

„Verdammt noch mal, die sind weg, alle drei, das gibt es doch gar nicht!"

Er kam wieder hoch und starrte Frauchen verblüfft an.

Dann lief er um den Wagen herum und starrte über die Wiese um gerade noch einen weißen Schemen im Wald verschwinden zu sehen.

„Jetzt habe ich aber endgültig die Nase voll. Die können was erleben das sage ich dir. In Zukunft nur noch an der Leine, das ist ja wohl klar."

Er war sehr wütend, besonders auch wegen der Worte des Kommissars über die verantwortungslosen Hundehalter und es war ihm sehr unangenehm dass ausgerechnet er, der sich so viel Mühe gab mit seinen Hunden sich diese berechtigten Vorwürfe hatte anhören müssen.

„Was machen wir nun?" wollte Frauchen wissen „wir sollten vielleicht am besten hier warten, die kommen ja immer zu ihrem Ausgangspunkt zurück. Das tun alle Hunde und sicher auch Hektor. Dem scheint es ja besser zu gehen."

Der Direktor war von allen wohl am Meisten verblüfft.

„Das kann ich gar nicht glauben. Hektor ist noch niemals eigenständig irgendwohin gelaufen. Dieses Verhalten ist mir ein Rätsel, kann vielleicht mit dem Verlust seiner ersten Bezugsperson zu tun haben, das hat ihn sicher verstört.

Die Schmerztabletten vom Doktor scheinen jedenfalls großartig zu wirken."

Langsam erholte er sich von seiner Überraschung und ein entspanntes Lächeln machte sich auf seinem Gesicht breit.

„Sie sollten aber trotzdem nicht warten bis die drei von allein zurückkommen" wandte sich der Kommissar an Herrchen und Frauchen „wenn wirklich der Jäger unterwegs ist ..."

Er machte eine sorgenvolle Miene.

„Da haben sie wohl recht" meinte Frauchen und zu Herrchen gewandt „mit den Rädern können wir nicht über die
Wiesen und durch den Wald. Du bist doch neuerdings so
fit, da kannst du ja mal einen kleinen Querfeldeinlauf machen.

Außerdem hast du die lautere Stimme von uns beiden, du
wirst ständig nach ihnen rufen müssen.

Ich bleibe hier und warte, falls sie doch noch von irgend-
woher auftauchen.

Wir haben ja unsere Handys, wer sie zuerst sieht ruft den
anderen an."

Herrchen seufzte, nickte den beiden Männern zu und trabte davon, auf den Punkt zu wo der weiße Schatten im Wald
verschwunden war.

Der Kommissar begab sich jetzt zu seinem Wagen zurück
und der Direktor sagte zu Frauchen:

„Ich hätte noch so Einiges zu tun, macht ja auch keinen
Sinn, wenn wir beide hier warten. Wenn sie irgendetwas
brauchen, ich bin im Zirkuszelt."

Er ging davon und Frauchen setzte sich auf die Deichsel
des Zirkuswagens wo sie ihren Gedanken nachhing.

Sie hielt den Blick auf den Waldrand gerichtet wo ihr Mann
zwischen den Bäumen verschwand.

Zuerst konnte man ihn noch schwach rufen hören nach den
Hunden, dann wurde es still.

GESCHNAPPT

„Wir müssen jetzt aber gleich da sein" keuchte Wackelmax von Ü. dem die Zunge weit aus dem Maul heraushing.

Sehr sportlich war er wirklich nicht und darauf legte er normalerweise auch keinen besonderen Wert.

Nun aber störte es ihn schon, dass die beiden Anderen scheinbar mühelos den Trab durch das Gelände bewältigten.

„Hab´ ich eben andere Qualitäten" murmelte er verbissen vor sich hin als der voranlaufende Schnuppke Kaluppke plötzlich langsamer wurde.

„Wir sind da" schnaubte er zu seinen Begleitern „und die sind auch da, das riecht man deutlich. Da lagen wir ja mal wieder richtig, was Wackel? Wir sind doch die größten Spürnasen und Rätsellöser in der ganzen Gegend."

Sie bewegten sich jetzt leise durch die Büsche und sahen dann den Bachlauf und den kleinen Steg der über das Wasser führte.

Am Geländer des Steges lehnte einer der beiden Artisten und beobachtete den anderen dabei, wie dieser versuchte, mit einem langen Ast etwas aus dem Brombeergestrüpp herauszufischen.

Es schien ihm aber nicht zu gelingen und Frank, der am Steg wartete rief ihm zu: „Wie kann man die Tasche auch nur so weit hineinwerfen in die Dornen, das war doch mal wieder eine von deinen Schnapsideen.

Jetzt hast du den Salat. Musst du eben hineingehen, mit dem Ast schaffst du es nie."

Fred schrie fast als er antwortete: „Du könntest mir ja mal helfen anstatt da nur dumm herumzustehen. Kannst schließlich froh sein, dass wir die Sachen überhaupt noch haben.

Ohne mich wärest du doch verloren. Alles bleibt immer an mir hängen."

„Hättest du die Alte eben nicht umbringen sollen, das war wirklich saudumm von dir. Ohne diese Dummheit wäre alles in Butter, auch wenn sie wirklich das Hundehalsband für sich abzweigen wollte."

„Ich habe sie nicht umgebracht. Die war aber so störrisch dass ich ihr ein paar kleben musste, dabei ist sie einfach umgefallen und schon war es passiert, ein Unfall.

Das hab ich dir schon ein paar Mal gesagt.

Und jetzt komm endlich her und hilf mir sonst wird das nichts."

Frank stieß sich vom Geländer ab und schlenderte gemächlich auf den wütenden Fred zu: „Ein Unfall, na klar, kann ja auch keiner was anderes beweisen.

Ist aber egal, gib mir den Ast und halte mich fest, ich werde mich mal etwas weiter vorbeugen müssen. Sind wir Artisten oder nicht?"

Fred gab ihm knurrend den Ast und Frank stellte sich unmittelbar am Rand des Dornengestrüpps auf. Er beugte sich dann weit über die Brombeeren und Fred fasste ihn hinten am Gürtel der Hose während er sich mit aller Kraft in die entgegengesetzte Richtung beugte um als Kontergewicht zu dienen.

Frank stocherte mit dem Ast im Gestrüpp herum und stöhnte vor Anstrengung: „Lass mich bloß nicht fallen jetzt, das könnte böse ausgehen."

„Ich pass schon auf" erwiderte Fred unwillig.

Hektor war schon die ganze Zeit auf dem Sprung gewesen und hätte sich am liebsten auf Fred gestürzt aber Schnuppke meinte:„Lass die doch erst mal die Tasche herausholen, wir haben Zeit."

Jetzt aber, als Hektor das Hinterteil von Fred so verlockend vor Augen hatte konnte er nicht mehr an sich halten.

Mit einem leisen, wütenden Knurren stürzte er aus dem Unterholz hervor und rannte in langen Sätzen die zwanzig bis dreißig Meter zu den beiden bei den Dornen.

Fred, der plötzlich ein undefinierbares Geräusch hinter sich hörte wandte den Kopf denn umdrehen konnte er sich nicht weil er sonst Frank hätte loslassen müssen.

Mit schreckgeweiteten, aufgerissenen Augen starrte er auf den heranstürmenden Hektor der nur noch etwa drei Meter von ihm entfernt war.

Dieser war bei ihm ehe er noch begriff was passierte und im nächsten Moment verbiss der große graue wolfsähnliche Hund sich in Freds rechte Hinterbacke wobei er ein wütendes Knurren vernehmen ließ.

Mit einem gellenden Schmerzens- und Schreckensschrei ließ Fred seinen Kumpan los und versuchte, sich umzudrehen um der Gefahr und dem Angriff zu entgehen.

Frank mit seinem Ast stürzte Kopfüber in das Dornengestrüpp als er plötzlich keinen Halt mehr hatte und seine Schmerzensschreie waren keineswegs leiser als die von Fred.

Inzwischen waren auch Schnuppke Kaluppke und Wackelmax von Ü. herangekommen und hatten sich laut kläffend und zähnefletschend zu Hektor gesellt.

Fred versuchte, Hektor unter Schmerzensschreien mit einigen Fausthieben gegen den Kopf von sich abzubringen aber der verbiss sich nur noch fester in das Hinterteil das er nun einmal zwischen den Zähnen hatte.

Nun fasste sich Schnuppke ein Herz denn auch wenn er noch niemals im Leben einen Menschen gebissen hatte konnte er jetzt nicht mehr an sich halten.

Er visierte den linken Oberschenkel des wild um sich schlagenden und schreienden an und biss herzhaft hinein wodurch Fred endgültig zu Fall kam.

Frank wollte aus den Dornen klettern aber seine Kleidung hatte sich völlig im Gestrüpp verhakt so dass er nur sehr langsame, sehr schmerzhafte Bewegungen vollführen konnte.

Als er sich nach einigen Minuten etwas aufrichten konnte und sich umdrehte sah er einen halben Meter von seinem Gesicht entfernt die gefletschten Zähne von Wackelmax dem der Speichel von den Lefzen tropfte als er ein gefährliches dumpfes Knurren hören ließ.

Frank stöhnte verzweifelt und Freds Schreie waren in leises Wimmern übergegangen. Er lag am Boden und machte keinen Versuch mehr sich zu befreien.

Ein paar hundert Meter weiter stapfte Herrchen durch den Wald, in kurzen Abständen nach den Hunden rufend.

Er hatte ein wenig die Orientierung verloren und wusste nicht so recht, wo er weiter gehen sollte denn es war weit und breit kein Weg oder auch nur ein Trampelpfad zu sehen.

Als er wieder einmal stehen blieb um zu horchen ob er die Hunde hörte drang unvermittelt ein panisches Geschrei von Menschen in höchster Not an sein Ohr.

Dann erklang auch Hundegebell und er stürzte in die Richtung aus der die Geräusche kamen während er versuchte, sich einen Reim darauf zu machen.

An der Stelle an der er aus dem Wald herauskam war er nur etwa zwanzig Meter von dem Dornengebüsch entfernt.

Nur noch stöhnen und Knurren war zu hören als er sich näherte, kein Bellen und kein Schreien mehr.

Als er herangekommen war erfasste er blitzschnell die Lage.

„Schnuppke aus" schrie er erschrocken als er sah dass sein lieber kuscheliger Hund seine Zähne in einen Menschen gegraben hatte und wie ein Wolf dazu knurrte.

Gleichzeitig riss er sein Handy aus der Tasche und tippte auf den Namen seiner Frau.

„Aus" schrie er noch einmal in Schnuppkes Richtung der sich jetzt langsam von seinem Opfer löste.

„Nein, nicht du" stammelte Herrchen ins Telefon „ich habe sie gefunden aber ich kann dir nicht erklären was hier los ist, das würdest du nicht glauben."

Er warf einen Blick auf den in seinem Dornenbett stöhnenden Frank und sagte hastig: „wir brauchen hier dringend die Polizei, den Kommissar am besten und einen Krankenwagen.

Rettungswagen meine ich natürlich, hier sind zwei Verletzte.

Wir sind hier bei der kleinen Brücke am Bach, du weißt schon, es gibt ja nur diese eine.

Ich glaube, von der Straße aus kann man vielleicht mit einem Auto heranfahren, es sind ja nur wenige hundert Meter. Mach nur schnell bitte."

Schnuppke hatte sich jetzt neben Hektor gesetzt der immer noch seine Zähne in Fred vergraben hatte und blickte Herrchen treuherzig an als hätte er nichts mit der ganzen Sache zu tun.

VERHAFTET

Frauchen starrte einen Moment lang konsterniert abwechselnd den Wald in dem Herrchen verschwunden war und ihr Telefon an, dann drehte sie sich um und lief zum Auto des Kommissars der gerade ein Telefongespräch führte.

Sein Kollege war auch inzwischen erschienen und parkte hinter ihm, jetzt aber saßen sie gemeinsam in dem gelben BMW.

Frauchen stürmte heran und riss die Fahrertür auf wobei sie unzusammenhängende Sätze von sich gab.

Der Kommissar beruhigte sie aber schnell und nachdem sie endlich erzählt hatte was sie wusste kam Bewegung in die beiden Polizisten.

„Steigen sie bitte zu uns in den Wagen" bat er sie „sie müssen uns zu ihrem Mann dirigieren."

Sie nahm im Fond Platz und der Kommissar fuhr vom Gelände während sein Kollege über Funk einen Rettungswagen herbei rief.

Vom Zirkusdirektor war nichts zu sehen und für eine Suche hatten sie keine Zeit.

Nach kurzer, schneller Fahrt erreichten sie den Feldweg der in Richtung auf die Brücke zu führte. Er wurde auch von Forstfahrzeugen benutzt und war gut befestigt.

Nach knapp dreihundert Metern kamen sie aus dem Wald heraus.

Hier endete der Forstweg in einer befestigten Fläche von etwa dreißig mal vierzig Metern an deren Rändern große Stapel geschlagener Baumstämme aufgeschichtet waren.

In Fortführung des Forstweges sah man auf der anderen Seite des Platzes einen Wanderweg, auch befestigt aber so schmal dass man mit dem Auto nicht weiterfahren konnte.

Der Kommissar hielt seinen Wagen an und sie stiegen alle drei aus.

In etwa einhundert Metern Entfernung konnte man die kleine Brücke über den Bach erkennen und dahinter sahen sie Herrchen stehen und aufgeregt winken.

Frauchen und der Kommissar liefen los während der zweite Polizist dem Rettungswagen noch einmal genaue Anweisungen gab wo sie zu finden waren, dann folgte er.

Als sie die Brücke erreichten und hinüber gegangen waren machten sie sich schnell ein Bild von der Lage.

Der Kommissar, ganz Profi, versuchte als erstes, Hektor dazu zu bewegen, die Zähne aus dem Hinterteil des stöhnenden Fred zu lösen. Er hatte ganz offensichtlich viel Erfahrung mit Hunden denn er wirkte mit ruhigen, lobenden Worten auf Hektor ein und dieser ließ nach anfänglichem Zögern tatsächlich von seinem Opfer ab.

Fred blutete stark, seine Hose war ziemlich zerrissen.

Dadurch dass er versucht hatte, sich mit Gewalt des Hundes zu entledigen hatte er die Wunde noch selbst vergrößert.

Eine Schlagader schien aber nicht verletzt zu sein, so stark war die Blutung auch wieder nicht.

Hektor setzte sich jetzt neben Schnuppke und die beiden sahen die Menschen mit einem so harmlosen, treuen Blick an als wenn sie sagen wollten „Na, haben wir das nicht gut gemacht?"

Und das wollten sie wirklich denn davon waren sie überzeugt.

Wackelmax von Ü. saß neben dem Gestrüpp und hatte seine Drohgebärden gegen Frank eingestellt.

Der lag in seinen Dornen, stöhnte leise vor sich hin und bewegte sich nicht.

Der Kommissar überzeugte sich aber schnell davon dass keine Lebensbedrohliche Situation bestand und meinte:

„Na, alles in allem haben die zwei wohl noch mal Glück gehabt. Sie müssen die Hunde extrem provoziert, vielleicht sogar angegriffen haben. Das hätte auch noch schlimmer ausgehen können, da habe ich schon ganz andere Bisswunden gesehen."

„Sie meinen, wir kriegen keine Probleme, weil unser Hund einen Menschen gebissen hat?" fragte Frauchen ängstlich.

Sie war ehrlich erschüttert dass so etwas überhaupt passieren konnte und wusste sich nicht zu erklären, wie ihr Kuschelhund sich so hatte vergessen können.

„Aber nicht doch" erwiderte der Kommissar „das ist ja auch gewissermaßen im Polizeiauftrag geschehen.

So ein glücklicher Zufall, dass sie die Beiden hier beim Herumstromern getroffen haben. Was wollten die hier bloß im Wald? Na, das kriegen wir auch noch heraus.

Ich vermute mal, sie haben ihre Beute irgendwo hier im Wald versteckt. Aber die finden wir schon, und wenn wir jeden einzelnen Hochsitz und alle sonstigen markanten Punkte absuchen müssen.

Aber in Zukunft sollten sie unbedingt verhindern, dass ihre Hunde ohne Leine im Wald und in der Landschaft herumlaufen, das könnte auch mal ganz unglücklich ausgehen."

Herrchen nickte zerknirscht und die beiden Helden wurden angeleint.

„Wir gehen zu Fuß durch den Wald zurück zum Zirkus, wir müssen ja noch unsere Räder holen" meinte Frauchen und Herrchen ergänzte: „wenn sie noch eine Aussage von mir zu diesen Umständen hier im Wald brauchen warten wir beim Direktor auf sie.

Andernfalls, oder wenn es zu lange dauert für uns, wissen sie ja wo wir wohnen."

„Ja, ein Protokoll müssen wir noch machen. Mal sehen, wie rasch wir hier vorankommen.

Ich glaube, der Notarzt und auch unsere Kollegen kommen gerade."

Man sah den Rettungswagen auf die kleine Lichtung fahren und bei den Baumstämmen anhalten. Dahinter hielt ein Streifenwagen aus welchem zwei Uniformierte ausstiegen und zusammen mit den Sanitätern im schnellen Trab auf die kleine Brücke zu liefen.

Nachdem die Sanitäter die Lage erfasst hatten berieten sie mit den Uniformierten, wie sie den Verletzten am besten aus den Dornen bergen konnten.

Bei Fred wurde erste Hilfe geleistet und seine Wunden fachgerecht verbunden.

„Die beiden Verletzten müssen schnellstmöglich ins Kreiskrankenhaus gebracht werden.

Lebensgefahr besteht zwar nicht aber der hier mit den Bisswunden hat doch eine Menge Blut verloren, ein Risiko müssen wir ja nicht eingehen." meinte der eine Sanitäter.

„Kommt denn nicht noch ein Notarzt her?" wollte Herrchen wissen aber der zweite Mann des Rettungswagens winkte ab.

„Nicht nötig in diesem Fall, hab ich schon per Funk geregelt. Die beiden Kollegen mit ihrem Streifenwagen werden uns zum Krankenhaus begleiten. Schließlich sind das ja Kriminelle hier, wenn ich das richtig verstanden habe.

Weglaufen könnten die aber in ihrem Zustand nicht, da bin ich sicher."

Fred hatte inzwischen, nachdem man ihn verbunden hatte und er unter anderem auch ein Schmerzmittel gespritzt bekam, mit seinem Stöhnen aufgehört und dämmerte halb betäubt vor sich hin.

Frank war auch sehr ruhig geworden aber er traute sich auch nicht die kleinste Bewegung zu machen solange er noch in den Dornen lag. Er wusste genau, dass die Bergung aus seiner misslichen Lage für ihn noch schmerzhaft werden würde.

Die Sanitäter gingen zum Wagen zurück um die Tragen zu holen und die beiden Uniformierten telefonierten hektisch mit ihren Technikern um Material zu bekommen mit dem sie Frank aus den Dornen befreien konnten.

Herrchen und Frauchen verabschiedeten sich noch einmal kurz und verschwanden dann mit ihren beiden weißen Schäferhunden und mit Hektor im Wald um auf demselben Weg auf dem Herrchen gekommen war zum Zirkus zurückzukehren.

Den Direktor trafen sie bei den Käfigen und sie berichteten ihm alles was geschehen war ausführlich. Es fiel ihm schwer, alles zu glauben und er lud seine Gäste auf eine Tasse Kaffee in seinen Wagen ein.

„Aber mit einem guten Gläschen Cognac, den könnte ich jetzt vertragen" meinte er kopfschüttelnd „das ist die wildeste Geschichte die ich je gehört habe, und das in unserem friedlichen Zirkus."

Hektor

„Was soll denn nun mit Hektor passieren?" fragte Frauchen den Direktor nachdem alle einen kräftigen Schluck Cognac genossen hatten.

„Tja" erwiderte dieser nachdenklich „da stellen sie eine Frage auf die ich noch keine Antwort weiß.

Ich grüble schon intensiv darüber nach aber mir will keine gute Lösung einfallen.

Sein Gesundheitszustand bessert sich zwar täglich aber ob er wieder ganz hergestellt wird konnte der Doktor mir nicht sagen.

Darüberhinaus ist er ja auch schon ziemlich alt und auf Dauer sind die Strapazen der Herumfahrerei nichts mehr für ihn."

Er machte eine kleine Pause als wüsste er nicht recht, wie er fortfahren sollte.

Dann sagte er: „Ich hätte Fräulein Mimi sowieso gebeten, ihn für die nächste Saison und in Zukunft in Sitges zu lassen in der Obhut ihres Lebensgefährten.

Wie ich aber inzwischen telefonisch erfahren habe, ist dieser wegen Drogenbesitzes inhaftiert worden und die anderen Hunde die bei ihm im Hause leben sind bei einer Nachbarin untergebracht.

Das ist natürlich kein Dauerzustand aber hier bei uns kann sich wirklich niemand um die Tiere kümmern, wir haben alle genug zu tun und sind voll ausgelastet, das können sie mir glauben."

Er machte erneut eine Pause, fuhr dann aber fort: „Wir alle hier im Zirkus wohnen in der näheren Umgebung von Sitges aber Niemand kann etwas für Hektor tun.

Ich habe alle gefragt und ich glaube nicht, dass sich einer nur so herausgeredet hat, dafür ist Hektor viel zu beliebt bei uns.

Wenn ich aber an die Zustände in den spanischen Tierheimen denke läuft es mir kalt den Rücken herab und ich weiß wovon ich rede, das können sie mir glauben.

Auch wenn Hektor es hier in Deutschland besser hätte als seine Hundefamilie in Sitges, ein Leben hinter Gittern würde ihn wohl umbringen."

Frauchen und Herrchen sahen sich an und verstanden sich auch ohne Worte.

Schnuppke Kaluppke und sein wirklich allerbester Freund Wackelmax von Ü. starrten mit offenen Mäulern vor sich hin und versuchten jeder für sich, eine Lösung zu finden denn was sie da gehört hatten war ungeheuerlich.

„Heiliger Knochen, Wackel" schniefte Schnuppke zwischen seinen Vorderpfoten hervor zwischen die er seine lange Nase gebettet hatte „das ist ja schrecklich, der arme Hektor, was können wir nur tun?"

„Ich fürchte" hechelte Wackelmax von Ü. dem etwas warm geworden war „da ist von unserer Seite nichts zu machen. Wir könnten ihm vielleicht helfen, von hier zu fliehen aber wo soll er denn hin? Ein guter Hund braucht auch ein gutes Heim und ein Herrchen oder Frauchen oder am besten alles zusammen. Wo ist er überhaupt, ich kann ihn nirgends sehen."

„Liegt wohl wieder unter den Lamas" meinte Schnuppke.

Er weiß natürlich was los ist und außerdem hat er ja sein Frauchen verloren. Das muss ganz furchtbar sein."

Nachdem die Menschen eine Zeit lang schweigend in ihre Kaffeetassen gestarrt hatten ergriff plötzlich Herrchen das Wort: „Kann sein, dass wir eine Lösung hätten für dieses Problem. Wir müssen das noch eingehend diskutieren aber morgen früh sagen wir ihnen, was wir uns vorstellen könnten."

Als sie später alle wieder zu Hause waren saßen die Menschen noch lange auf ihrer schönen Terrasse und redeten miteinander im ernsten Ton.

Die Hunde lagen zu ihren Füßen, hörten aufmerksam zu und hofften, dass ab und zu mal ein Hundekeks für sie abfiel.

„Also Platz haben wir genug, das ist unbestritten" meinte Herrchen gerade „auch wenn es zusammen sechs werden, unsere und noch vier dazu.

Es müssen ja nicht immer alle im Wohnhaus sein, der kleine Seitenanbau den wir früher als Gästewohnung genutzt haben steht doch meistens leer und wird sowieso mit den übrigen Räumen beheizt.

„Richtig" erwiderte Frauchen „daran soll es nicht scheitern. Dass wir aber erhebliche Mehrkosten haben werden für Futter und Tierarztrechnungen dürfen wir auch nicht außer Acht lassen.

Nicht, dass wir uns das nicht erlauben könnten aber bedenken sollte man es schon vorher. Vielleicht sind die ja auch nicht so verfressen wie unsere Weißen."

Schnuppke Kaluppke hob ruckartig den Kopf und sah Wackelmax von Ü. an.

„Alle Wetter Wackel, hast du das gehört? Jetzt bringst du mich mit deinen Futterportionen die du verschlingst schon in ein schlechtes Licht."

Wackelmax von Ü. ließ seine Nase auf dem Boden liegen und tat, als hätte er nichts gehört. Eine Antwort hielt er für unter seiner Würde.

„Na schön" meinte Herrchen dann „wir rekapitulieren also noch einmal.

Wir fahren mit unserem Wohnmobil in diesem Jahr nicht wie sonst immer nach Südfrankreich sondern nach Spanien, genauer, nach Sitges. Ich glaube, das liegt nicht weit von Barcelona, also ganz Spanien müssen wir jedenfalls nicht durchqueren.

Der Direktor muss das mit den Nachbarn von Fräulein Mimi irgendwie regeln und dann nehmen wir die drei Hunde von dort mit.

Tierheim in Spanien! Da mag ich gar nicht dran denken. Außerdem gehören die ja zu Hektor, der wird sicher glücklich sein wenn ein Hund denn glücklich sein kann."

„Hast du eine Ahnung" dachte Schnuppke „lass nur mal aus Versehen ein Stück Fleischwurst vom Frühstückstisch fallen, da kannst du dann sehen was für uns Glück bedeutet."

„Na schön" meinte Frauchen „wir besprechen Morgen alles mit dem Direktor und wenn der keine Bedenken hat nehmen wir Hektor schon mal zu uns.

Für die geänderten Urlaubsvorbereitungen haben wir ja noch drei Wochen Zeit, die Route festlegen, nach geeigneten Rastplätzen suchen und so weiter."

„Die Abenteuer nehmen zu in letzter Zeit" schnaufte Wackelmax von Ü. seinem Kumpel zu „wer weiß, was uns noch alles erwartet."

Schnuppke Kaluppke war aber schon eingenickt denn alles was es zu wissen gab in diesem Fall hatte er bereits gehört.

RICHTUNG SÜDEN

Am nächsten Morgen fuhren die Menschen mit ihren Fahrrädern zum Zirkus und besprachen alles was es zu besprechen gab mit dem Direktor der sichtlich erleichtert war.

„Da nehmen sie wirklich eine große Last von meiner Seele" meinte er „wir sind tatsächlich alle sehr mit den Tieren verbunden und wie ich schon sagte, geht unsere Leidenschaft für das Zirkusleben immer vor.

Das Geldverdienen müssen ist für uns nur ein notwendiges Übel und wenn irgendjemand aus unserer Truppe Probleme bekommt, auch wenn es eines der Tiere ist, dann geht uns das schon sehr nahe.

Dass sie sich jetzt aber auch noch um die anderen Hunde von Fräulein Mimi kümmern wollen ist ja schon fast zu viel des Guten. Für die würde es in Spanien sicher furchtbar werden."

„Wie gesagt" antwortete Herrchen „wir machen ja sowieso am Ende des Sommers unsere Ferientour. Jetzt sehen wir uns mal ganz etwas anderes an, das ist alles, keine besonderen Umstände.

Und dass wir die Hunde alle bei uns aufnehmen – na ja, wir können uns das ehrlich gesagt gut leisten. Wir sind beide im Ruhestand und konnten gut vorsorgen so dass es uns an nichts mangeln wird.

Dass wir Hunde lieben haben sie ja auch schon gesehen und Hektor und unsere beiden verstehen sich auch sehr gut, den Test haben wir ja quasi schon hinter uns.

Wir freuen uns jedenfalls sehr."

Sie kamen überein, Hektor auf Grund seiner Blessuren nicht einen längeren Spaziergang neben den Weißen und den Fahrrädern machen zu lassen sondern der Direktor wollte ihn mit allem was dazugehörte wie Impfpass, Hundedecke, Fressnapf und so weiter am späten Nachmittag mit dem VW- Bus zu ihnen nach Hause bringen.

Der Zirkus wollte in zwei Tagen seine Zelte abbrechen und weiterziehen.

„Mein lieber Freund" hechelte Schnuppke als sich die Fahrräder der Menschen mit den beiden Weißen später wieder auf dem Heimweg befanden „das wird ja noch interessant wenn Hektor und seine Familie erst mal bei uns wohnen. Da dürfen wir uns nicht unterkriegen lassen."

„Ganz recht" schnaufte Wackelmax von Ü. zurück „aber wenn die anderen so sind wie Hektor habe ich keine Bedenken. Zusammen können wir eine tolle Zeit haben."

Am Nachmittag kam das Auto vom Zirkus mit dem Direktor am Steuer vorgefahren und er brachte wie abgesprochen Hektor und alles was dazugehörte mit.

Die Menschen setzten sich zusammen auf die Terrasse und genossen wie üblich eine Tasse Kaffee während der Zirkusmann den beiden Anderen noch einiges Wissenswerte über ihren neuen Hausgenossen erzählte.

„Die Mutter von Hektors Welpen ist genauso ein undefinierbarer Mischling wie er selbst" sagte er.

Hektor, der seinen ersten Rundgang im Garten mit Schnuppke Kaluppke und Wackelmax von Ü. gerade hinter sich und alles gründlich beschnüffelt hatte, fuhr zusammen als er sich gerade am Rand der Terrasse niedergelassen hatte.

„Unerhört" meinte er erbost „mein Vater war ein beinahe reinrassiger, Nordspanischer Hütehund und meine Mutter war auch sehr nett. Wir sehen nun mal aus wie zerzauste Wölfe, das ist doch nicht etwa ein Makel? Ich habe nur deshalb einen deutschen Namen weil Fräulein Mimi von hier stammt aber mein Herrchen zu Hause ist Spanier und meine Süße heißt Conchita, auch wenn sie nur immer Chita gerufen wird.

Carlos und Metaxa sind zwei kräftige Jungen auch wenn sie erst knapp ein halbes Jahr alt sind. Das werden mal richtige Wölfe!"

Er war sehr stolz und man merkte ihm seine spanische Herkunft an.

Schnuppke und Wackelmax waren furchtbar gespannt.

„Wenn sie die drei in Sitges abholen würde ich ihnen empfehlen, mit den Behörden keine Verbindung aufzunehmen.

Die tippen sich innerlich nur an die Stirn wenn sie nach Ausfuhrpapieren oder Gesundheitszeugnissen fragen.

In Spanien haben die Leute in der Regel ein anderes Verhältnis zu Hunden als hier in Deutschland. Da laufen sehr viele frei und verwildert durch die Straßen, der Polizei ist es bestimmt egal ob wir ein bisschen „loco" sind und uns kümmern.

Die tun höchstens ganz wichtig und knöpfen ihnen eine nicht unbeträchtliche Summe ab wenn sie merken, dass ihnen an den Hunden gelegen ist."

„Ich glaube auch nicht, dass wir kriminell sind wenn wir die drei einfach in unserem Wohnmobil ohne weiteres Federlesen mit nach Deutschland nehmen" meinte Frauchen zwischen zwei Schlucken Kaffee.

„Haben sie denn mit der Nachbarin schon alles regeln können?"

„Leider nicht denn sie war nicht zu Hause als ich angerufen habe und ihr Mann kommt offenbar aus einer anderen Provinz in Spanien, er hat so schnell und unverständlich auf mich ein geplappert dass ich ihn nicht einmal unterbrechen konnte.

Ich lebe zwar schon lange Jahre dort aber so gut ist mein Spanisch nun auch wieder nicht.

Die Nachbarin selbst spricht aber ein wenig Deutsch wenn ich richtig informiert bin."

„Das ist gut" meinte Herrchen erleichtert „Englisch und Französisch ja aber leider kaum Spanisch. Zum Brötchen und Milch kaufen reicht es, aber das ist auch schon so ziemlich alles."

„Haben wir es gut" schnuffte Wackelmax von Ü. zu den beiden anderen „wir Hunde haben nur eine Sprache, das reicht."

Der Direktor verließ die Familie bald darauf mit den besten Wünschen für die Zukunft und versprach, sich noch intensiv mit den in Spanien lebenden Nachbarn von Fräulein Mimi zu unterhalten und alles was sie planten vorzubereiten. Es war ja noch genügend Zeit bis zur Abfahrt.

Die Tage vergingen für die Hunde wie im Fluge denn die beiden Weißen mussten Hektor in alle Geheimnisse des Lebens in ihrem Dorf einweihen, besonders auch in das zuweilen etwas komplizierte Verhältnis zu den einzelnen Katzen.

Er fand sich aber sehr schnell zurecht, erholte sich auch zusehends von den erhaltenen Fußtritten und wie sich herausstellte war er auch noch nicht so alt wie die Menschen immer sagten.

Er wusste es zwar nicht genau und es war ihm auch völlig gleichgültig aber nach dem was er ihnen von seinem bisherigen Leben berichtet hatte konnten noch nicht viel mehr Jahre vergangen sein seit seiner Geburt als bei Wackelmax und Schnuppke.

Papiere aus denen Genaueres hervorging schien es nicht zu geben.

Dann kam der Tag der Abfahrt und alle bestiegen das geräumige Wohnmobil in dem ausreichend Platz war für Menschen und Hunde.

Das Gefährt war zwar nicht eines der größten aber für zwei Menschen mit zwei Hunden doch schon etwas überdimensioniert. Außen am Heck wurden die Fahrräder befestigt.

„Was soll´s" meinte Herrchen immer „ich hab gerne etwas mehr Platz damit ich mich ausbreiten kann.

Kinder haben wir keine und irgendwas müssen wir mit unserem Geld ja machen, man lebt schließlich nur einmal und schlechtere Tage hatten wir ja auch schon genug."

Weil Frauchen derselben Meinung war genossen sie die Früchte ihrer Arbeit mit gutem Gewissen.

Die Fahrt verlief ruhig und gewissermaßen Ereignislos.

Sie machten sehr viele Pausen und hatten nach drei Tagen Barcelona erreicht an dem sie sich aber vorbeischlängeln wollten denn von einer Fahrt durch die Stadt hatte man ihnen abgeraten, jedenfalls mit dem großen Wohnmobil.

Bald darauf kam Sitges in Sicht mit seiner schönen Kirche am Meer.

Durch die engen Straßen des Ortes wollten und konnten sie nicht fahren, nahmen sich aber vor, mit einem kleinen Mietwagen eine Erkundungstour zu unternehmen.

Das Haus welches sie suchten lag etwas außerhalb und war anhand einer sehr guten Wegbeschreibung des Zirkusdirektors leicht zu finden.

Die Leute seien informiert dass die Hunde abgeholt würden aber aus irgendwelchen undurchschaubaren Gründen hatte der Direktor nicht ausführlich mit der Deutsch radebrechenden Frau sprechen können, immer wieder unterbrach der unverständlich redende Mann der Spanierin das Gespräch.

Jetzt aber waren sie da und die Neugier der Menschen und auch der Hunde steigerte sich enorm.

SPANIEN

Herrchen parkte das Fahrzeug am Straßenrand. Das Haus der Nachbarin lag an einem großen, mit kleinen Palmen bestandenen Platz um den sich viele Einfamilienhäuser im spanischen Stil gruppierten.

Alle hatten große, gepflegt wirkende Vorgärten mit vielen exotischen Pflanzen.

„Na" meinte Herrchen „das scheint mir eine der besseren Wohngegenden zu sein. Der Direktor und die meisten seiner Leute sollen ja auch hier in der Gegend ihre Häuser haben.

So wenig Geld wie er sagte ist mit dem Zirkusleben scheinbar nicht zu machen, das sieht eher hochpreisig aus hier."

Hektor, der durch die Fenster des Wohnmobils hinausspähte war sehr aufgeregt denn diese Gegend war in der zirkusfreien Jahreszeit sein Revier.

Bei mehreren Häusern bewegten sich die Gardinen. Offenbar blieb den Leuten hier nichts verborgen und gegen eine so wachsame Nachbarschaft konnte man ja auch nichts einwenden.

Das große Wohnmobil erregte sicher auch deshalb die Aufmerksamkeit weil es sich hier nicht um eine typische Wohngegend für Touristen handelte und Fremde sich nur selten in diese Straße verirrten.

Herrchen stieg aus und ließ auch Hektor mit aus dem Fahrzeug steigen.

Wackelmax und Schnuppke sollten erst mal mit Frauchen im Wagen bleiben bis die Lage sondiert war.

„Verdammt Wackel" knurrte Schnuppke Kaluppke enttäuscht „so haben wir uns das aber nicht vorgestellt, oder? Ich dachte, Hektor braucht vielleicht unsere Unterstützung. Wer weiß was hier los ist."

„Sehe ich auch so" kam die Antwort „vor allem gibt es hier wahnsinnig viel zu schnüffeln, das haben wir ja bei den letzten Pausen schon gemerkt. Unglaublich wie das hier alles riecht, einfach toll. Und jetzt lassen sie uns nicht hinaus."

Sie fiepten beide aufgeregt und waren so unruhig dass sie von Frauchen nach vorne zwischen die beiden Sitze gelassen wurden wo sie beruhigt werden sollten.

„Ist ja schon gut, Herrchen kommt ja gleich wieder und Hektor bleibt auch nicht hier. Nur die Ruhe. Wir waren doch eben erst Gassi gehen, da könnt ihr doch nicht schon wieder mal müssen."

Sie sahen, wie Herrchen an der Haustür des beschriebenen Domizils mit einem wild gestikulierenden Mann sprach aber dann wurde die Tür wieder zugemacht und Herrchen kam zurück zum Auto.

„Das ist ja ein merkwürdiger Typ. Der spricht kein Wort Deutsch und rasselt seine spanischen Sätze in einem so atemberaubenden Tempo herunter dass einem ganz schwindelig wird. Ich glaube aber, herausgehört zu haben, dass seine Frau bald wiederkommt, die ist nämlich nicht zu Hause.

Bleibt uns nichts übrig als zu warten."

Sie machten es sich in ihren Sitzen bequem und behielten das Haus im Auge während die Hunde sich hinten im Wohnmobil auf dem Teppich zusammenrollten und die beiden Weißen gespannt auf Neuigkeiten warteten die sie von Hektor zu erfahren hofften.

„Er hat uns nicht ins Haus gelassen. Hat immer nur gesagt, er habe nichts mit der ganzen Sache und mit Ausländern zu tun, seine Frau ist aber nur einkaufen, kommt sicher bald zurück.

Ich habe aber kein gutes Gefühl, ein schlechter Geruch ist an diesem Haus.

Und von Conchita und meinen Kleinen habe ich nichts gehört und nichts gerochen."

Er machte einen etwas niedergeschlagenen Eindruck und die beiden anderen versuchten, ihn zu beruhigen.

Eine Frau mit einem Einkaufsnetz öffnete jetzt die kleine Gartenpforte und ging auf das Haus zu.

„Das muss sie sein" rief Herrchen und stieg schnell aus um die Frau anzusprechen bevor diese im Haus verschwinden konnte.

„Ola, Señora" rief er hinter ihr her als er an die Pforte kam „wir sind wegen der Hunde hier, ich glaube, sie wissen Bescheid."

Die Frau drehte sich um und kam dann mit zögernden Schritten zurück zur Gartenpforte.

Sie war sehr gut gekleidet und frisiert und machte im Gegensatz zu dem Mann im Haus einen sehr gepflegten Eindruck.

„Nee spreke Deuts gutt" meinte sie während sie Herrchen von unten herauf anblinzelte denn sie war nicht viel größer als etwa einen Meter und sechzig.

„Spreke Kiosk" sagte sie dann und deutete die Straße hinunter wo man in einiger Entfernung einen kleinen Laden sehen konnte mir einer großen Coca Cola Reklametafel vor der Tür.

Dann kam sie seufzend wieder heraus und ging in diese Richtung wobei sie Herrchen bedeutete, mit ihr zu kommen.

Als sie am Wohnmobil vorbeigingen sagte Herrchen durch das offene Fenster: „Ich gehe mal eben mit zu dem kleinen Laden da hinten. Offenbar gibt es da Jemanden der entweder besser Bescheid weiß was hier los ist oder aber wenigstens Deutsch oder Englisch spricht.

Bleibt ihr mal hier, ich bin gleich zurück."

Die Nachbarin von Fräulein Mimi ging mit langsamen Schritten voran und nach zwei Minuten waren sie bei dem kleinen Gemischtwarenladen angekommen.

Sie gingen hinein und sahen hinter einer kleinen Theke eine gepflegte Frau mittleren Alters mit aschblonden Haaren die sie zu einem Pferdeschwanz gebunden hatte stehen.

Die Nachbarin sprach mit kurzen Sätzen auf die Blonde ein und diese wandte sich dann an Herrchen.

„Hallo und Willkommen in Spanien, ich hoffe, sie hatten eine schöne Reise."

„Danke, ja, war sehr schön, wirklich" antwortete er etwas überrascht „sie sind offenbar Deutsche, das ist ja wunderbar. Unser spanisch lässt nämlich sehr zu wünschen übrig."

„Ja" lachte sie fröhlich „das dachte ich schon.

Ich heiße Ute Mendez stamme aus Kassel und lebe schon seit über dreißig Jahren hier. Mein Mann ist Spanier aber hier in dieser Gegend leben noch viele andere Deutsche, überwiegend Pensionäre die ihren Lebensabend hier verbringen wollen".

Sie machte eine kurze Pause als müsse sie über etwas nachdenken und fuhr dann fort:

„Wir sind aber keine deutsche Kolonie oder so sondern die Meisten haben sich hier sehr gut eingelebt und interessieren sich auch für spanische, kommunale Belange.

Warum sie hier sind weiß ich schon, Frau Ramirez hat es mir gesagt. Sehr traurig die ganze Angelegenheit."

Sie blickte die Frau an die Herrchen hierher geführt hatte und diese begann, in unverständlichen, schnellen Sätzen mit ihr zu reden wobei sie einen unruhigen Eindruck machte.

Ute Mendez schüttelte wiederholt ungläubig den Kopf und wandte sich dann an Herrchen als Frau Ramirez ihren Wortschwall beendete.

„Das ist ja sehr eigenartig" meinte sie nachdenklich „sie sagt, die Hündin, Conchita, sei noch bei ihr aber die beiden kleinen Hunde seien fortgelaufen und von einem Lastwagen überfahren worden. Das soll jetzt vor drei Tagen passiert sein aber davon hätte ich sicher etwas gehört, da kann was nicht stimmen.

Hier laufen viele Hunde frei herum und manchmal wird auch einer überfahren, das ist nicht ungewöhnlich.

Aber das kommt mir jetzt schon sehr seltsam vor.

Frau Ramirez ist eine sehr nette Dame aber ihr Mann ist hier nicht so beliebt, lebt zurückgezogen und scheut jeden Kontakt, auch zu Spaniern. Wovon die Familie eigentlich lebt weiß auch keiner, man munkelt aber so einiges.

Hier in meinem kleinen Laden kriege ich alles zu hören was es zu hören gibt, auch wenn ich vieles gar nicht wissen will, das können sie mir glauben."

„Großer Gott, was machen wir denn nun" war Herrchen wie vor den Kopf geschlagen „auf jeden Fall müssen wir erst einmal die Hündin holen, dann sehen wir weiter.

Darf ich nachher nochmal zu ihnen zurückkommen? Da gibt es sicher noch ein paar Fragen, wenn ihnen das nicht zu lästig ist."

„Nicht doch, das ist schon in Ordnung. Ich sage Frau Ramirez dass sie Bescheid wissen und jetzt gerne Conchita abholen würden."

Sie wechselte ein paar Worte und die Nachbarin von Fräulein Mimi nahm ihr Einkaufsnetz auf und verließ den Laden während Herrchen ihr folgte und bis zum Haus dicht neben ihr blieb.

Sie bedeutete ihm mit Gesten dass er warten sollte und betrat ihr Haus in dem man sie leise mit ihrem Mann sprechen hörte.

Dann öffnete sich die Tür und der Spanier hatte einen Hund an der Leine welcher Hektor zum verwechseln ähnlich sah.

Die Leine war nur ein Strick aus Sisal aber das Halsband war aus schön bearbeitetem Leder mit vielen kleinen Ornamenten.

Der Mann sprach kein Wort, übergab die Leine und schloss die Tür wieder.

Na, dachte Herrchen, andere Länder andere Sitten. Sehr freundlich wirkte der ja nun wirklich nicht.

Der Hund war etwas verschüchtert, ging aber ohne Widerstreben mit als er an der Leine vom Grundstück geführt wurde.

Als sie zum Auto kamen öffnete Frauchen die Tür der Wohnabteilung von innen wobei sie die anderen Hunde zurückdrängte die Anstalten machten, das Fahrzeug zu verlassen.

Dann waren sie alle drinnen und Herrchen ließ sich ächzend auf den Fahrersitz fallen. Er startete den Motor und fuhr um den Platz herum um den kleinen Laden anzusteuern während er begann zu erzählen was sich zugetragen hatte.

Hinten im Wagen gab es ein großes Hallo und beschnüffeln.

Auf halber Strecke hielt der Wagen an, damit die Menschen sich austauschen konnten bevor sie mit der Ladenbesitzerin reden wollten.

Hektor war außer sich vor Freude, seine Conchita zu sehen aber er war auch sehr besorgt, weil seine beiden Kleinen nicht bei ihr waren.

Nachdem er kurz erklärt hatte wer die beiden Weißen waren und dass sie alle hier wären um seine Familie zu holen wollte er wissen, wo Carlos und Metaxa sind.

Conchita legte sich zu Boden und steckte ihre Schnauze zwischen die Vorderpfoten. Dann schniefte sie: „Die beiden sind hinten im Geräteschuppen eingesperrt. Den Menschen hat dieser Schuft etwas anderes erzählt, weiß nicht was.

Er will die Kleinen aber verkaufen, es gibt so viele Touristen die kleine Hunde kaufen wenn diese nur verwahrlost aussehen. Dann haben die Menschen Mitleid und wollen sie erlösen oder so. Wir werden die zwei niemals wiedersehen."

Sie schniefte sehr laut und Wackelmax von Ü. blickte Schnuppke Kaluppke erstaunt an.

Der sah zu Hektor hinüber der jetzt ein gefährliches Grollen hören ließ und nun zum zweiten Mal seit sie ihn kannten zu erkennen gab, dass mit ihm nicht zu spaßen war, denn die Aktion gegen Fred hatten alle noch in frischer Erinnerung.

Der Wagen hatte sich wieder in Bewegung gesetzt und die restliche Strecke bis zu dem kleinen Laden zurückgelegt wo die Besitzerin sie freundlich willkommen hieß.

Sie führte die Ankömmlinge um den Laden herum in einen großen Garten an dessen anderem Ende ein kleines, sehr hübsches Wohnhaus lag in dem Frau Mendez mit ihrem Mann lebte.

Dieser übernahm jetzt die Präsenz im Laden während sie die Besucher auf der großen Terrasse mit Kaffee und Kuchen bewirtete und sich dann endlich auch setzte um mit ihnen das Problem zu besprechen.

Die Hunde durften sich in dem eingezäunten Garten frei bewegen und nachdem sie alles beschnüffelt hatten ließen sie sich etwas abseits der erhöhten Terrasse im kurzgeschorenen Gras nieder.

„Ohne meine Kleinen gehe ich hier niemals weg, das ist ja wohl klar" knurrte Hektor wütend während Conchita sich an ihn lehnte und immer noch etwas schniefte.

„Klar doch" wuffte Schnuppke „Ehrensache, was Wackel?"

Wackelmax brummelte etwas Unverständliches vor sich hin und meinte dann: „Was sollen wir denn unternehmen? Die Menschen wissen mal wieder alle gar nichts und wir können hier nicht weg. Und selbst wenn, wie sollten wir die Kleinen denn befreien?"

„Aus dem Garten heraus kommen wir ganz schnell" meinte Hektor „an der Seite ist ein kleines Gartentor. Das ist zwar verschlossen aber daneben stehen nur dichte Büsche und kein Zaun, da können wir uns durchquetschen.

Draußen kenne ich mich sehr gut aus und wir können auch noch Hilfe kriegen wenn nötig. Fernando ist ein guter Freund von mir und ich habe ihn vorhin schon gerochen, er muss hier in der Nähe sein.

Wenn wir erst mal beim Geräteschuppen sind finden wir schon einen Weg.

Wir müssen uns aber beeilen bevor dieser Schurke Carlos und Metaxa fortschafft, dann ist alles zu spät."

Sie schielten zur Terrasse hinauf auf der immer noch die Menschen beim Kaffee saßen und sich unterhielten.

Dann erhoben sie sich langsam, erst Hektor und seine Süße, dann die beiden Weißen und sie schlenderten langsam durch den Garten und schnüffelten überall ein wenig wie sie es vorhin auch schon getan hatten.

Als sie an das kleine Tor kamen sahen sie, was Hektor gemeint hatte.

„Conchita muss hierbleiben.

Sie ist noch zu schwach um sich in eine Rauferei einzulassen die vielleicht auf uns zukommen könnte.

Diese Leute haben ihr nur das Nötigste zu futtern gegeben, die Rippen scheuern ja schon bald durch das Fell.

Wir regeln das schon, Fernando ist ja auch noch da."

Ein kräftiges drücken und Hektor hatte die Hecke durchstoßen. Die Anderen folgten ihm sofort und ohne Geräusche.

Dann waren sie draußen und Hektor führte sie mit schnellen Schritten hinter dem Garten herum auf einen schmalen Weg aus festgestampftem Sandboden den sie in schnellem Lauf entlangeilten.

Die Menschen hatten zwar bemerkt dass die Hunde sich erhoben und im Garten herumstrichen aber Frau Mendez lachte und meinte, sie würden schon keinen Schaden anrichten. Dann hatten sie sich wieder in ihr Gespräch vertieft.

Frau Mendez erzählte so viele interessante Dinge aus ihrem Leben hier in Sitges dass sie die beiden Besucher regelrecht fesselte und diese ihr eigentliches Anliegen für kurze Zeit vergaßen.

Dann wurden die Besucher nach Ihrem Leben befragt und die Sprache kam auch auf die beiden Hunde.

„Wie kamen sie eigentlich auf die etwas ungewöhnlichen Namen für ihre Hunde, die habe ich noch nirgendwo gehört."

„Na ja" grinste Herrchen etwas verlegen „Schnuppke heißt so weil er als Welpe schon immer seine Nase mit kurzen Schnüffellauten in alles gesteckt hat was er am Wegesrand gefunden hatte und Kaluppke kam dazu weil es sich reimt.

Ich habe mal ein Buch gelesen, in dem hieß einer der Akteure Kaluppke, hat aber keine weitere Bedeutung.

Und Wackelmax hat seinen Namen weil er wenn er sich freut mit dem Schwanz dermaßen wedelt dass sein ganzes Hinterteil mit wackelt so dass man schon einen Hüftschaden als Folge befürchten könnte.

Eigentlich heißt er ja Wackelmax von Ü. wenn wir ihn auch nicht immer so rufen. Das Ü. hat er bekommen weil seine Eltern von Übersee nach Europa kamen, das ist alles."

„Wir lassen ihn einfach mal wackeln" warf Frauchen ein, wandte sich um und rief in den Garten hinein: „Wackel, komm mal her, gibt was Feines."

Doch nichts war zu hören und zu sehen. An den Seiten der Rasenfläche waren zwar mit Büschen und Blumen bestandene Beete vorhanden die sich in geschwungenen Linien zu beiden Seiten bis zu dem kleinen Laden wanden und zum Teil das Ganze etwas unübersichtlich machten aber viel Platz zum Verstecken gab es trotzdem nicht, schon gar nicht für vier große Hunde.

„Verdammt" meinte Herrchen und sprang auf „die werden doch wohl nicht auf die Straße gelaufen sein?"

Ihm fielen die Berichte zu den in Spanien überfahrenen Hunden ein und er wurde plötzlich sehr nervös.

Auch Frauchen und Frau Mendez waren jetzt aufgestanden und alle drei gingen mit raschen Schritten unter lautem Rufen in Richtung auf den Laden zu.

„Eigentlich können sie nicht hinaus, wir haben hier nur ein kleines Seitentor und das ist immer verschlossen" meinte Frau Mendez „Vorne am Haus hätten wir sie gesehen und ich bin sicher, dass mein Mann sie auch gesehen hätte wenn sie hier neben dem Laden auf die Straße gelangt wären."

Sie rüttelte am Gartentor und fand es verschlossen.

„Sieh mal hier" meinte Herrchen aufgeregt und sammelte ein Büschel weiße Hundehaare aus dem Strauch neben der Pforte um sie Frauchen vor die Nase zu halten.

„Alles klar" rief diese „hier sind sie also hinaus."

Die drei Hunde kamen nach etwa einhundert Metern schnellen Laufens an einen kleinen Sportplatz welcher die aneinander gereihten Grundstücke mit den kleinen Wohnhäusern unterbrach.

Hier blieben sie zwischen einigen nicht so sehr gepflegten Büschen stehen und sahen sich um.

„Kein Mensch, kein Hund, nicht mal eine Katze" hechelte Wackelmax von Ü. dem die Zunge weit aus dem Maul heraus hing.

„Um diese Zeit halten hier alle Siesta, ist viel zu warm um sich mit irgendwas zu beschäftigen" japste Hektor dem man seine Probleme mit dem Laufen jetzt doch bedenklich ansah.

„Eigentlich müsste Fernando hier irgendwo sein, ist er immer um diese Zeit. Ich rieche aber nichts, leider. Da werden wir wohl alleine weitermachen müssen.

Wenn der Kerl sich sicher fühlt bringt er Carlos und Mendoza vielleicht fort von hier und dann ist es für uns zu Ende.

Also weiter jetzt."

Sie liefen noch etwa weitere einhundert Meter aber jetzt nicht mehr ganz so schnell wie zu Anfang. Dann hielt Hektor plötzlich an und meinte „Hier ist die kleine Hütte mit den Werkzeugen, genauso eine hat Fräulein Mimi auch.

Haben die meisten Menschen hier. Die Pforte ist aber verschlossen, hinter den Büschen ist ein Zaun, da können wir nicht hindurch."

„An den Seiten sind auch Gärten, sonst könnten wir es von Vorne versuchen, am Haus vorbei auch wenn das sehr gefährlich für uns wäre" meinte Schnuppke Kaluppke aber Hektor antwortete: „Wir können bei Fräulein Mimi durch, das Gartentor war schon immer kaputt.

Allerdings müssen wir wirklich nach vorne denn es liegt noch ein anderer Garten zwischen den beiden Grundstücken."

Sie atmeten jetzt etwas ruhiger und leiser weil sie sich langsam vom Laufen erholten und plötzlich meinte Wackelmax: „Hört mal, da weint ein Welpe."

Tatsächlich konnten sie als sie kurz alle den Atem anhielten ein leises, klagendes Fiepen hören und sofort stieß Hektor ein wütendes knurren aus: „Verdammt, das ist einer von meinen Kleinen, wir müssen sie jetzt da herausholen, egal wie."

Er hätte sich gerne mit einem beruhigenden Bellen bemerkbar gemacht aber sie mussten sehr leise und unauffällig bleiben.

„Jedenfalls sind sie hier und noch am Leben, immerhin" meinte Schnuppke „ich weiß was, ich laufe jetzt zurück und mache Theater so dass Herrchen hinter mir herlaufen kann und dann ist Hilfe da. Ich bin schon noch etwas besser im Laufen als ihr zwei.

Ihr müsst hier bleiben und die Stellung halten, ohne Herrchen schaffen wir es nicht."

Die Menschen wollten den Schlüssel zur Pforte holen von dem Frau Mendez meinte, er müsse bei der Ladenkasse liegen

Auf dem kurzen Weg von der Seitenpforte zum Laden sahen sie plötzlich Conchita unter einem der Ziersträucher liegen. Diese blickte die Menschen an als könne sie kein Wässerchen trüben und sie schniefte ein wenig vor sich hin.

„Na ihr seid mir ja die Richtigen" rief Herrchen „wo hast du denn die anderen gelassen, wie? Haben sie dich nicht mitgenommen oder bist du der einzige brave Hund in dieser Bande?"

Frau Mendez und ihre Besucher gingen in den Laden wo sie ihrem Mann erzählte was sich zugetragen hatte.

Dieser, ein drahtiger, kahlköpfiger Spanier hatte als junger Mann in Kassel in einer Maschinenfabrik gearbeitet wo er auch seine spätere Frau kennenlernte und so sprach er ziemlich gut Deutsch.

Er kramte einen kleinen Schlüssel unter dem Ladentisch hervor und meinte: „Am besten wird es sein, wenn wir den Weg entlang gehen und die Hunde suchen. Wahrscheinlich sind sie auf dem Sportplatz, da sind meistens irgendwelche Hunde und treiben sich zwischen den Sträuchern herum.

Ist leider etwas verwildert."

Er seufzte leise und ging mit den Hundebesitzern zur Gartenpforte um diese aufzuschließen.

Seine Frau hatte den kleinen Laden jetzt geschlossen und folgte dann in den Garten als man plötzlich ein lautes Hundegebell hören konnte.

Herr Mendez hatte gerade die kleine Pforte geöffnet als Schnuppke Kaluppke ihn vom Sandweg her anbellte und, nachdem Herrchen hinausgetreten war, ein paar Schritte zurückwich, sich dabei bellend im Kreis drehte und auch

Frauchen die inzwischen auf dem Weg stand herausfordernd anblickte.

„Schnuppke, verdammt nochmal, komm sofort her" rief Herrchen wütend „und hör auf zu kläffen."

„Der hat irgendwas" meinte Frauchen und näherte sich ihrem Hund langsam mit freundlichen Worten „Schnuppke, komm her, ist ja gut mein Süßer."

Sie streckte ihm beruhigend ihre Hand entgegen.

Der Hund wich ein paar Schritte zurück, drehte sich im Kreis und begann wieder zu bellen, dann lief er ein paar Schritte, kehrte zurück und sah seine Menschen auffordernd an.

„Der will uns was zeigen" staunte Herrchen „das hat er ja noch nie gemacht. Da ist was passiert. Das ist ja ein ganz schlauer

„Stimmt genau" dachte Schnuppke „aber nun kommt mal in Gange, es ist eilig."

Er rannte bis zur Ecke wo der Sandweg um das Haus herum bog und blieb dort sitzen bis er sah, dass die Menschen ihm folgten.

Auch Herr und Frau Mendez waren jetzt neugierig geworden und etwas Abwechslung tat ihnen gut wie sie sich im Gehen gegenseitig versicherten.

Wackelmax von Ü. und Hektor hatten sich auf der anderen Seite des Sandweges zwischen den Büschen eines offenen

Grundstücks versteckt und warteten auf die Rückkehr von Schnuppke mit Menschen im Schlepptau.

Dann wollten sie so viel Lärm und Radau machen an der Gartenpforte dass auch der größte Ignorant merken musste, dass hier etwas zu erforschen war.

Plötzlich hörten sie aus der anderen Richtung ein Fahrzeug auf dem Sandweg näherkommen. Von Schnuppke und den Menschen war nichts zu sehen, nur in der Ferne konnten sie sein Gebell hören.

Sie duckten sich tief ins Gras und ein kleiner, grauer Kombi fuhr langsam rückwärts den Sandweg auf sie zu und hielt unmittelbar vor der Gartenpforte an hinter der das Gerätehäuschen mit Carlos und Metaxa stand.

Der Motor wurde abgestellt und zwei Männer stiegen aus um durch das kleine Tor den Garten zu betreten.

Sie machten sich im Gerätehaus zu schaffen und kamen kurz darauf zurück mit einer ziemlich großen hölzernen Kiste mit Tragegriffen an jeder Seite.

In die Kiste waren Löcher gebohrt und der eine der Männer, ein kleiner Dicker mit beginnender Glatze, stöhnte unter dem Gewicht der Kiste bei jedem Schritt halblaut vor sich hin.

Der Andere war der Nachbar der auf Conchita und ihre Jungen aufpassen sollte solange Fräulein Mimi's Mann im Gefängnis saß.

Die Beiden stellten die Kiste hinter dem Wagen ab um die hinteren Türen zu öffnen. Es war ein englischer Kleinwagen als Kombi, ohne Heckklappe aber mit zwei Türen die sich öffnen ließen wie normale Haustüren.

Hektor konnte nicht länger warten als er zehn Meter vor sich sah was passieren sollte und als er das klagende Fiepen aus der Kiste vernahm stürzte er vorwärts aus seiner Deckung und lief laut kläffend auf den Nachbarn zu.

Wackelmax von Ü. der in solchen Situationen alles um sich herum vergaß folgte ihm sofort und visierte den zweiten Mann an der ihm etwas näherstand und sich den Schweiß von der Stirn wischte.

Dieser erschrak so sehr als er den weißen Hund zähnefletschend auf sich zustürzen sah dass er einen Schritt zurück wich und gegen die Kiste stieß.

Er stolperte rückwärts und setzte sich auf den Hosenboden, rappelte sich aber schnell wieder auf, drehte sich um und begann zu laufen so schnell er konnte, den Fußweg auf dem sie hergefahren waren zurück.

Wackelmax verfolgte ihn nur etwa zwanzig Meter.

Dann drehte er sich um und sah, dass Hektor vergeblich versuchte, den Nachbarn zu beißen. Dieser wehrte ihn aber geschickt ab indem er ihn mit kurzen schnellen Fußtritten auf Distanz hielt.

Dann aber sah er, dass aus der anderen Richtung zwei weitere Hunde und mehrere Menschen in schnellem Trab näherkamen und so sprang er fluchend in sein Auto, startete den Motor und fuhr mit offenen Hecktüren davon, die große Holzkiste hinter sich zurücklassend.

Als die vier Menschen endlich am Ort des Geschehens eintrafen standen die vier Hunde um die Kiste herum und bellten laut durcheinander.

Herrchen war zu sehr außer Atem als dass er mit Wackelmax und Schnuppke hätte schimpfen können was er als erzieherische Maßnahme eigentlich vorgehabt hatte.

Herr Mendez war konditionell etwas besser drauf und machte sich daran, die Kiste zu öffnen während die beiden Frauen damit beschäftigt waren, die bellenden Hunde zu beruhigen und von der Kiste fernzuhalten.

Der Deckel wurde nur von zwei Schnappverschlüssen gehalten und als er aufklappte erblickten die Menschen zwei völlig abgemagerte kleine Hunde die nur noch kläglich fiepten.

Hektor und Conchita hatten ihre Vorderpfoten auf den Rand der offenen Kiste gestellt und schleckten die beiden Jungen ab so sehr sie nur konnten.

„Das war aber knapp mein Alter" meinte Wackelmax von Ü. der sich neben Schnuppke Kaluppke auf dem Sandweg ausgestreckt hatte um abzuwarten was nun als nächstes passieren würde. „Hoffentlich bleiben die Kleinen gesund. Sehen nicht gut aus."

„Hast du ja gehört" erwiderte Schnuppke „sollen Mitleid erregen bei den Menschen damit sie gekauft werden. Die Kerle hätten dasselbe verdient wie Fred vom Zirkus, oder noch Schlimmeres."

Er dachte zurück an die Szene am Dornengestrüpp und sah plötzlich sehr vergnügt aus.

Die Menschen besprachen sich miteinander und zogen die richtigen Schlüsse aus dem Vorgefundenen.

Dass die kleinen Hunde die angeblich überfahrenen Jungen von Hektor und Conchita waren konnte man deutlich sehen, so groß war die Ähnlichkeit trotz ihres halbverhungerten Aussehens.

Herrchen und Herr Mendez nahmen je einen der verstörten kleinen Hunde aus der Kiste auf den Arm und gingen langsam den Weg zurück zum Haus mit dem Laden.

Dort betteten sie die Beiden im Schatten neben der Terrasse ins weiche Gras und Frau Mendez holte eine große Dose Fertigfutter für junge Hunde aus ihrem Laden. Diese stürzten sich gierig darauf und die Menschen mussten sie bremsen, sonst wäre schlimmes Bauchweh die Folge geworden.

„Wo haben sie denn hier einen Polizeiposten?" fragte Herrchen als sich alle wieder etwas beruhigt hatten „den Kerl muss ich anzeigen, das ist ja wohl kriminell was hier abging."

„Da werden sie nicht viel Glück mit haben" meinte Frau Mendez „hier gelten Hunde nicht viel und die Polizei ist mit Sicherheit der Meinung, dass sie Wichtigeres zu tun hat als wegen ein paar kleiner Hunde etwas zu unternehmen.

Wenn die überhaupt eine Anzeige aufnehmen so würde doch alles im Sande verlaufen.

Der Typ streitet alles ab und fertig, dann sind sie längst wieder in Deutschland und hier kräht kein Hahn mehr danach. Und uns persönlich betrifft das ja nicht, da kämen wir bei der Polizei auch nicht weiter.

Außerdem, wenn sie die Leute zu sehr nerven dann nehmen die ihnen am Ende die Hunde noch weg.

So ganz legal ist das ja alles auch nicht wenn ich das richtig verstanden habe. Niemand kann ihre Angaben bestätigen und Frau Hansen ist tot."

Sie kamen gemeinsam zu dem Schluss dass sie die Sache auf sich beruhen lassen sollten und froh sein, die Hunde alle lebend zu haben.

Herrchen bedankte sich nochmals ausdrücklich für die Gastfreundschaft und die Hilfe die sie von den Mendez erhalten hatten.

„Ohne sie, ich weiß nicht ob wir das alles auch nur annähernd so hinbekommen hätten" meinte Frauchen aber die beiden Einheimischen wehrten verlegen ab.

„War uns ein Vergnügen und eine große Freude ihnen helfen zu können" meinte Frau Mendez „außerdem war das mal wirklich eine Abwechslung. Viel passiert hier sonst nicht, das können sie mir glauben."

Die Reisenden verabschiedeten sich und fuhren mit den sechs Hunden in ihrem Wohnmobil davon um sich für die Übernachtung einen geeigneten Stellplatz auf einem der umliegenden Campingplätze zu suchen wo sie eventuell auch ein paar Tage bleiben könnten.

ERNEUT EIN ABENTEUER

Sie fanden in nicht allzu großer Entfernung von Sitges einen idyllisch gelegenen Campingplatz auf dem sich eine extra ausgewiesene Fläche für Wohnmobile befand. Jetzt wo die Saison sich ihrem Ende näherte waren die Plätze nicht mehr so sehr überlaufen von Urlaubern und man konnte, gerade auf diesem Platz, sehr gut mit den Hunden ein paar Tage verbringen.

Carlos und Metaxa erholten sich zusehends und fraßen mit gutem Appetit.

Die Hunde verhielten sich alle sehr umgänglich so dass die Menschen keine Probleme mit den anderen Gästen des Campingplatzes bekamen und so waren alle zufrieden.

Einmal täglich gingen sie alle an einen nahe gelegenen Strandabschnitt zu dem auch Hunde zugelassen waren und diese konnten sich ausgiebig im Wasser amüsieren.

Nach fünf unbeschwerten Urlaubstagen meinte Herrchen:

„Wir sollten mal so langsam wieder Richtung Heimat segeln. Ich finde, wir hatten eine tolle Zeit, haben viel Spannendes und Aufregendes erlebt und uns am Ende gut erholt.

Auf uns wartet aber auch ein schönes Zuhause, so langsam fehlt es mir."

„Recht hast du" erwiderte Frauchen „aber ich würde gerne auf der Rückfahrt noch einen Abstecher zum Kloster Montserrat machen, ich habe einen Prospekt darüber gefunden hier im Kiosk, das muss wunderschön sein.

Den Namen habe ich auch schon früher des Öfteren gehört und jetzt wo wir praktisch um die Ecke sind...."

„Na schön" meinte Herrchen „auf einen Tag kommt es ja nun wirklich nicht an.

Also morgen nach dem Frühstück fahren wir gemütlich los."

Am anderen Tag fuhren sie, nachdem sie alles nötige geregelt hatten, über viele malerisch gelegene Straßen abseits der großen Urlaubsrouten und Fernstraßen zum Kloster Montserrat.

Dieses lag in einiger Höhe auf einem Berg und die letzte Strecke ging es abenteuerliche Serpentinen hinauf wobei ihnen manchmal große Reisebusse entgegenkamen und es etwas eng wurde auf der Straße.

Endlich waren sie aber da und genossen den wunderschönen Anblick.

Das Kloster besichtigten die beiden Menschen sofort und die sechs Hunde blieben im Wohnmobil zurück aber mit der Klimaanlage hatten sie schon des Öfteren angenehme Zeiten ohne die Menschen verbracht.

Als Herrchen und Frauchen von ihrer Besichtigungstour durch das Kloster zum Parkplatz zurückkehrten waren sie in ein angeregtes Gespräch verwickelt über die ungewöhnlichen Sehenswürdigkeiten des Klosters. So bemerkten sie erst kurz vor Erreichen ihres Fahrzeugs einige aufgeregte

Menschen die bei einem wenige Meter entfernt parkenden kleinen holländischen Wohnmobil gestikulierend durcheinander schnatterten.

Den in englischer und holländischer Sprache herumschwirrenden Wortfetzen entnahmen sie, dass das kleine Wohnmobil aufgebrochen wurde und einige Gegenstände entwendet worden waren.

Man wartete jetzt auf das Eintreffen der alarmierten Polizei und einer der betroffenen Touristen hatte sich aufgemacht, um die Verwaltung des Klosters anzusprechen und über den Vorfall zu informieren.

„Unangenehme Sache so etwas" murmelte Herrchen „das kostet nicht nur Geld sondern auch Zeit und Nerven."

Als sie aber in ihr eigenes Fahrzeug einsteigen wollten sahen sie, dass die Tür nur angelehnt war.

„Verdammt" schrie Herrchen erschrocken „das kann doch nicht wahr sein, uns hat es auch erwischt. Einbruch am hellen Tag, das ist doch unglaublich."

Frauchen war sprachlos und wollte die Tatsachen erst gar nicht erfassen.

Herrchen ging die letzten Schritte auf die Tür zu und blieb plötzlich stehen, drehte sich um und sagte leise zu seiner Frau: „Bleib mal hier stehen, vielleicht ist noch ein ungebetener Gast im Wagen."

Er nahm einen kleinen Stein vom Boden auf weil er nichts geeigneteres fand was sich als Waffe eignete und öffnete die angelehnte Tür mit einem entschlossenen Ruck während er gleichzeitig einen Schritt zurück wich um einem möglichen Angriff zu entgehen.

Es war aber nichts zu sehen und zu hören und so rief er hinein: „Schnuppke, Wackel, kommt mal her ihr Beiden, schnell schnell."

Nichts bewegte sich im Wagen aber ein leises Schniefen war jetzt zu hören.

Er hob die Hand mit dem Stein und erklomm die zwei flachen Stufen um durch die Tür ins Innere des Wohnmobils zu gelangen.

Kein Mensch war zu sehen aber ganz in eine Ecke verkrochen lagen Conchita und ihre zwei Welpen und sahen ihn verängstigt an. Von den anderen Hunden war keine Spur zu entdecken.

„Komm mal rein Schatz, hier ist keiner von den Schurken mehr."

Er ging in die Hocke um die drei Hunde zu streicheln und zu beruhigen.

Frauchen enterte den Wohnraum und sie begannen, sich umzusehen um zu ermitteln was die Einbrecher eventuell gestohlen hätten. Es waren aber auf den ersten Blick keinerlei Unordnung oder geöffnete Schubladen oder Schranktüren zu sehen, auch lag nichts auf dem Fußboden herum.

„Na, die Hunde haben die oder den Einbrecher wohl gehörig erschreckt und vertrieben bevor Schaden angerichtet werden konnte. Außer dem aufgebrochenen Türschloss natürlich" meinte Herrchen als er sich nach einigen Minuten in einen kleinen Sessel fallen ließ.

„Na und nun?" meinte Frauchen, „wo zum Teufel sind denn die Hunde? Die Einbrecher werden sie doch wohl nicht gestohlen haben?"

Ihre Stimme zitterte ein wenig als sie sich ausmalte dass ihre schönen weißen Schäferhunde in die Hände skrupelloser Tierhändler gefallen seien.

Herrchen lachte aber: „Das ist ja eine lustige Idee. Die hätten sich ja wohl zu dritt niemals ohne Gegenwehr mitnehmen lassen und Kampfspuren gibt es hier keine.

Außerdem hätten solche Leute ja wohl die Welpen mitgenommen und nicht einen großen zerzausten Rüden. Das Ganze ist mir ein Rätsel aber ich will mal mit den Holländern da draußen reden, vielleicht haben die etwas gesehen oder gehört.

Im Übrigen müssen wir das ja wohl umgehend melden, auch wenn nichts gestohlen wurde und wir unter Umständen Probleme bekommen wegen der spanischen Hunde ohne jegliche Papiere."

Nach kurzem nachdenken meinte Frauchen: „Sicher, du hast recht, wir müssen den Einbruch auf jeden Fall melden. Außerdem muss ja wohl sofort nach unseren Hunden gesucht werden. Wenn Hektor sich hier im Land vielleicht auch alleine zurechtfinden würde, unsere Beiden würden nicht lange überleben."

Sie sackte etwas in ihrem Sessel zusammen und fing leise an zu weinen.

Herrchen nahm sie in den Arm und sagte: „Nun hör mal auf, die Hunde kriegen wir mit Sicherheit wieder, da mach` dir mal keine Sorgen. Bleib du hier sitzen und warte, vielleicht kommen sie ja gleich zurück, ich gehe mal los und sehe, was ich unternehmen kann."

Frauchen trocknete ihre Tränen. Herrchen stand auf und verließ den Wohnwagen wobei er in der Hast fast gestürzt wäre. Er sah auf dem Parkplatz um sich und bemerkte, dass inzwischen die Polizei eingetroffen war und die beiden spanischen Uniformierten in ruhiger Art und Weise versuchten, die aufgeregten Touristen zu beruhigen und zu erfahren, was im Einzelnen passiert war.

Ein Deutscher Reisebus hatte sich nebenan aufgestellt und die Reiseführerin war eben im Begriff ihre Gruppe auf der vom Geschehen abgewandten Seite zu sammeln und mit ihrer Führung zu beginnen.

Der Fahrer ging mit prüfenden Blicken um sein Fahrzeug herum um es zu inspizieren wie er es wohl nach jeder Fahrt tat und Herrchen trat auf ihn zu und sprach ihn an.

Er erklärte dem etwa Anfang Fünfzigjährigen was passiert war und dieser hörte aufmerksam zu.

Dann sagte der Fahrer: „Ich komme hier in der Urlaubszeit zweimal pro Woche her mit Touristen aus Deutschland, daher kenne ich mich wirklich gut aus, ganz wie sie vermuten.

Ich will ihnen gerne behilflich sein, zumal ihr spanisch nicht so besonders ist, wie sie sagen. Außerdem habe ich jetzt sowieso erst mal Pause und statt Zeitung zu lesen kann ich ja mal ein gutes Werk tun."

Er ging hinüber zu der Gruppe der Menschen die um die Polizisten herum standen und sprach einen in diesem Moment dazukommenden Spanier in der Landessprache an, einen schmächtigen, in einen dunklen Anzug gekleideten älteren Mann.

Er redete eine Zeitlang auf ihn ein wobei er sein fließendes Spanisch mit vielen Gesten untermalte. Dann wandte sich der kleine Spanier an die Polizisten die ihn zu kennen schienen und sehr respektvoll begrüßten.

Der Busfahrer ging die wenigen Schritte zurück zu Herrchen und erklärte: „Da haben wir Glück gehabt, das ist der Sekretär des Abtes vom Kloster, ein bedeutender Mann, einflussreich und respektiert.

Ich kenne ihn sehr gut und er fühlt sich mir auch verbunden weil ich vor ein paar Jahren mal etwas für ihn in Deutschland regeln konnte. Bei ihm ist ihr Problem in den besten Händen, glauben sie mir."

Er strahlte Herrchen an dem ein Stein vom Herzen gefallen war.

Man sah ihm seine Erleichterung an als er erwiderte: „Ich kann ihnen gar nicht sagen wie froh und dankbar ich ihnen bin, dass sie uns in so selbstloser Weise helfen. Ich bin offen gesagt ziemlich ratlos denn ohne einigermaßen Spanisch sprechen zu können würde ich große Schwierigkeiten haben mein Anliegen zu verfolgen. Zumal ich erfahren habe, dass ein Hund hier in Spanien nicht besonders viel gilt.

Uns liegt aber enorm viel an unseren Hunden, sie sind richtige Familienmitglieder, auch wenn viele so etwas nicht verstehen."

Ich würde alles tun um sie möglichst unversehrt wieder zu bekommen."

„Es ist sicher wahr, dass viele Spanier, wie andere Südeuropäer übrigens auch, zu Hunden und anderen Tieren kein sehr respektvolles Verhältnis haben.

Es sind aber längst nicht alle so, es gibt auch sehr viele tierliebe Menschen hier die sich gerade auch um die Fürsorge von vernachlässigten Haustieren kümmern und sich mit viel Engagement für streunende Hunde und Katzen einsetzen.

Der Sekretär des Abtes gehört auch ein wenig dazu, sein eigener Hund, bzw. der Hund des Klosters ist vor wenigen Wochen vergiftet worden und das hat ihn wirklich sehr stark berührt."

Die Uniformierten waren inzwischen dabei die nähere Umgebung nach Spuren abzusuchen und auch die Tür von Herrchens Wohnmobil wurde in Augenschein genommen. Einer der beiden machte sich ständig Notizen auf einem kleinen Schreibblock während der andere ihm ab und zu mit ruhigen Worten seine Beobachtungen oder Gedanken mitteilte.

Das übliche, hektische Gebaren der anderen Spanier war bei ihnen nicht zu bemerken.

Am Rande des Parkplatzes hob der eine Beamte etwas vom Boden auf und nun kam doch etwas mehr Bewegung in die Beiden. Sie winkten die betroffene Urlaubergruppe zu sich heran und es stellte sich heraus, dass es sich bei dem gefundenen Gegenstand um ein kleines Obstmesser handelte welches der Fahrer des holländischen, aufgebrochenen Wohnmobils als das seine erkannte.

Das Messer lag neben der Beifahrertür eines gepflegten, älteren Seat Kleinwagens mit spanischem Kennzeichen.

Die Tür war sehr stark zerkratzt und das Auto war verschlossen. Der Besitzer war nicht unter den Anwesenden wie eine diesbezügliche Frage der Beamten ergab.

Herrchen, der sich in der Gruppe befand die aus drei Holländern, einem untergebenen des Klostersekretärs, dem Busfahrer und den beiden Polizeibeamten bestand hörte plötzlich seine Frau laut rufen.

Diese hatte nicht vom Wohnmobil weggehen wollen und sich auf der Türschwelle niedergelassen. Da ihr nichts zu tun blieb als zu warten hatte sie sich das Fernglas aus dem Wagen geholt und beobachtete die Umgebung.

Das Gelände bestand aus Felsen und Geröll und war zum größten Teil mit dichtem Buschwerk bestanden.

Einige ausgebaute Wanderwege führten durch das Unterholz aber jetzt in der Nachsaison waren nicht mehr sehr viele Urlauber unterwegs so dass sie nur vereinzelte Menschen zwischen den Buschgruppen gehen sah.

In der Hauptsaison sah das hier sicher anders aus, davon war sie überzeugt.

Am Ende der großen Straße auf der alle Fahrzeuge hier herauf kamen war die Talstation einer Zahnradbahn welche in einem atemberaubenden Winkel hinauf auf die nächste Anhöhe fuhr um die Besucher zu einem wirklich großartigen Weitblick zu bringen.

Nun hatte Frauchen den Blick durch das Fernglas auf einen eben in die Höhe fahrenden Zug, der aus zwei Waggons bestand, gerichtet.

Mit einem Aufschrei sprang sie auf und rief wild gestikulierend ihren Mann denn sie hatte im Buschwerk neben den Geleisen ihre beiden weißen Hunde gesehen die sich mit ihrem leuchtenden Fell deutlich von der graugrünen Umgebung abhoben.

Herrchen kam aus etwa fünfzig Metern Entfernung heran gesprintet, riss seiner Frau das Fernglas aus der Hand und starrte dorthin wo sie es ihm bedeutete.

Der Zug war inzwischen in der Mitte der Strecke angekommen wo sich ein kurzes Stück befand welches zweigleisig verlief damit die beiden sich begegnenden Bahnen einander ausweichen konnten auf der ansonsten einspurigen Trasse.

Es fuhren in regelmäßigen Abständen zwei Züge die sich stets in der Mitte begegnen mussten.

Wie Herrchen beobachten konnte liefen die beiden weißen Hunde tatsächlich neben dem bergauf fahrenden Zug her und sprangen manchmal daran hoch als wenn sie einsteigen wollten.

Von Hektor war nichts zu sehen.

Herrchen setzte das Fernglas ab und schilderte die Situation aufgeregt dem Busfahrer der mit der ganzen Gruppe jetzt langsam heran gekommen war denn alle hatten mitbekommen, dass sich etwas ereignet hatte.

Der Fahrer sprach zu den Beamten und plötzlich kam Bewegung in die Beiden. Sie liefen zu ihrem Fahrzeug und fuhren in Richtung auf die etwa achthundert Meter entfernte Talstation zu während der Beifahrer in ein Funkgerät sprach.

Der Angestellte des Klosters ging mit schnellen Schritten auf das Verwaltungsgebäude zu und Herrchen riss sein Fahrrad aus der Halterung am Heck des Wohnmobils, rief seiner Frau zu, sie solle dableiben und radelte auf der leicht ansteigenden Straße dem Polizeiwagen hinterher.

EINE VERFOLGUNGSJAGD

Als Herrchen und Frauchen den Wagen verließen um das Kloster zu besichtigen sahen Schnuppke Kaluppke und Wackelmax von Ü. ihnen noch lange nach bis ihre Menschen durch ein großes Tor im Gebäude verschwanden.

Dann legten sie sich zu den anderen Hunden auf ihre Decken und schlossen die Augen um ihren Gedanken nachzuhängen.

Hektor röchelte manchmal ein wenig im Schlaf aber er hatte die Folgen der Fußtritte im Großen und Ganzen gut überwunden.

Plötzlich hörten sie leise Stimmen vor der Tür und freuten sich schon, dass ihre Menschen wieder zurück gekommen waren aber dann knackte es laut als die Tür aufging und sie rochen sofort, dass hier fremde Menschen in den Wagen hereinkommen wollten.

Schnuppke und Wackelmax sprangen sofort auf und stürzten laut bellend zur Tür die sofort wieder zugeworfen wurde von den Eindringlingen welche die Situation erfasst hatten.

Die Beiden kläfften so laut sie konnten und starrten die Tür an als hofften sie, hindurchsehen zu können.

Nun kam auch Hektor der sich in dem engen Raum an den Beiden vorbeidrängte und auch zu bellen begann während er sich auf den Hinterpfoten aufrichtete um mit den Vorderpranken an der Tür zu kratzen was sich die beiden

Weißen niemals getraut hätten, das gäbe sicher große Scherereien.

Die Tür, die durch die Beschädigung beim gewaltsamen Aufbrechen nicht mehr richtig schloss, gab nach und schwang auf. Hektor stürzte hinaus und blieb eine Sekunde lang auf dem Boden vor dem Wagen verdattert liegen denn damit hatte er eigentlich nicht gerechnet.

Schnuppke kam als erster der beiden Weißen herausgeschossen, sprang über Hektor hinweg und blieb stehen um sich zu orientieren.

Wackelmax von Ü. kam direkt hinter ihm und prallte gegen Hektor der sich inzwischen wieder aufgerappelt hatte.

„He, mal nicht so stürmisch mein Bester" graulte Hektor „mein Körper hat die Fußtritte von Fred noch nicht ganz vergessen. Was ist eigentlich los? Wieso bellen wir denn wie verrückt?"

Sie blickten sich um und sahen zwei junge Männer mit Rucksäcken über den Parkplatz weglaufen dessen Rand sie fast erreicht hatten. Einer der Beiden hatte seinen Rucksack unter den Arm geklemmt beim Laufen, der Andere trug seinen auf dem Rücken.

Augenblicklich nahmen die drei Hunde die Verfolgung auf denn sie wussten sofort was die laufenden Menschen zu bedeuten hatten.

Die Männer hatten jetzt ein kleines Auto erreicht welches am Rande des großen, kaum zur Hälfte belegten Parkplatzes abgestellt war und der eine suchte hektisch in seinen Hosentaschen herum.

Sie hörten die bellenden Hunde näherkommen und da sie offenbar in der Hektik ihre Autoschlüssel nicht so schnell aus der Tasche bekamen ließen sie das Auto stehen und liefen daran vorbei durch die Büsche auf einen kleinen Wanderweg der parallel zur Straße am Kloster vorbei in Richtung Bergbahnstation führte. Drei große bellende Hunde auf sich zukommen zu sehen ist kein Spaß, schon gar nicht wenn man ein schlechtes Gewissen haben muss.

Hektor war der erste der das Auto erreichte und sprang an der Tür hoch um hineinzusehen wobei seine Krallen lange Kratzer in den Lack zogen.

Schnuppke Kaluppke und Wackelmax rannten an ihm vorbei um durch die Büsche auf den Wanderweg zu gelangen der sich in Windungen malerisch dahinzog.

Sie konnten die beiden Menschen nicht mehr sehen weil sie gerade hier in einer Kurve herausgekommen waren aber der Geruch und die Geräusche zeigten ihnen deutlich, in welcher Richtung sie nun weiterlaufen mussten.

Auch Hektor war jetzt auf dem Weg und als sie um die nächste Biegung liefen sahen sie, dass der eine der beiden Menschen seinen Rucksack verloren hatte den er unter seinen Arm geklemmt trug. Er wollte die Tasche aber nicht aufgeben und lief ein paar Schritte zurück um sie aufzuheben während sein Kumpan weiter rannte als wenn der Teufel hinter ihm her wäre.

Weil die Hunde nun ohne zu bellen liefen konnte der Mann sie nicht kommen hören und meinte wohl, der Vorsprung wäre etwas größer aber eben als er den Rucksack aufhob und sich auf den Rücken schnallen wollte kamen die drei Verfolger um die Biegung des Weges und hatten ihn keine zwanzig Schritte mehr vor sich.

Der Mann stieß einen entsetzten Schrei aus, sah, dass er nicht mehr weglaufen konnte und sprang ins Gebüsch wo er auf einen der etwas höheren Büsche kletterte während er seine Tasche, die ihm doch so wichtig war, von sich warf.

Die drei Hunde fingen jetzt wieder an zu bellen und umringten den kleinen, etwa drei Meter hohen Baum in dem sich der Flüchtige in Sicherheit gebracht hatte.

„Ich bleibe hier" bellte Hektor „seht ihr zwei mal zu, dass ihr den Anderen noch erwischt, der ist jetzt schon ganz schön weit weg."

„Geht klar, Hektor, alter Kämpfer" hechelte Schnuppke „wir werden ihn schon noch kriegen, was Wackel?"

Wackelmax von Ü. schnaufte zustimmend und obwohl er lieber hiergeblieben wäre weil er eine kleine Pause begrüßt hätte war doch zu langen Diskussionen keine Zeit.

Die Beiden sprangen zurück auf den Weg und machten sich an die Verfolgung des zweiten Mannes. Sie liefen immer auf dem Weg entlang, aber nicht mehr so schnell wie zuvor denn sie mussten damit rechnen, dass der Flüchtende vom Weg abbog und deshalb hielten sie ihre schnüffelnden Nasen beim Laufen dicht über dem Boden.

Nach einigen Hundert Metern mündete der Wanderweg in einen großen Platz auf dessen anderer Seite die Talstation der Zahnradbahn lag.

Sie sahen den Mann mit dem Rucksack in den hinteren Wagen der Bahn einsteigen und liefen quer über den fast leeren Platz um zu der Station zu gelangen.

Als sie etwa ein Drittel der knapp einhundert Meter langen Strecke zurückgelegt hatten fuhr die Bahn an.

Sie liefen um das kleine Stationsgebäude herum und fanden neben den Geleisen einen Weg der normalerweise von den Servicearbeitern genutzt wurde.

Es ging sehr steil nach oben und Schnuppke sprintete die ersten Meter noch in unvermindertem Tempo.

Dann aber ließen auch seine Kräfte nach und er wurde langsamer wobei er gleichzeitig bemerkte, dass Wackelmax von Ü. schon etwas weiter zurückgefallen war.

Die Zahnradbahn fuhr aber nur in einem sehr gemächlichen Schritttempo bergauf so dass Schnuppke sie auch mit seiner etwas langsameren Gangart bald eingeholt hatte.

Er sprang mehrfach an der Tür des Waggons hoch aber er konnte damit natürlich nichts erreichen und musste auch aufpassen, dass er nicht versehentlich auf die Schienen geriet.

Dann hatte auch Wackelmax von Ü. den Zug erreicht und beide trotteten jetzt gemächlich neben der Bahn bergauf.

„Der wird sich noch wundern wenn wir oben angekommen sind" meinte Schnuppke aber Wackelmax erwiderte: „Wir sollten uns auf jeden Fall zurückhalten mit bellen und so weiter. Die anderen Menschen die noch da sind wissen ja nicht was los ist und zwei bissige Hunde die sich auf einen Menschen stürzen würden sicher Probleme bekommen."

„Da hast du natürlich Recht" meinte Schnuppke der so richtig in Jagdstimmung war und dem nun der kühle Verstand zurück kam.

„Wir müssen ihn auf jeden Fall irgendwie verfolgen. Wenn wir doch nur Herrchen und Frauchen bei uns hätten. Ich weiß wirklich nicht, ob das hier gut ausgeht für uns."

Sie liefen den Rest des Weges schweigend neben der Bahn her und kurz vor der Bergstation ließen sie sich etwas zurückfallen und strichen außen um das kleine Gebäude herum in welches die Waggons hineinfuhren.

Sie kauerten sich hinter einem Müllcontainer zusammen um abzuwarten und dann zu reagieren.

Die Polizisten hatten die Talstation erst erreicht nachdem der Zug bereits abgefahren war, sie telefonierten aber mit der Bergstation um dem Leitenden Mitarbeiter die Lage zu schildern.

Zu dieser Tageszeit hatten nur zwei Menschen Dienst wovon einer für den Betrieb der Bahn zuständig war und der andere, eine junge Frau, sich um den Kiosk und den Andenken-Verkauf kümmerte.

Weil niemand wusste wen man eigentlich suchte, sollte der Mitarbeiter der Bahn auf Anweisung der Polizei sämtliche Fahrgäste unter Hinweis auf ein technisches Problem am Verlassen des Stationsgebäudes hindern.

Die Polizisten wollten mit dem kleinen Geländewagen der Servicemannschaft Hinaufkommen und dann alles Weitere veranlassen.

Den steilen Weg konnten sie nicht fahren aber es gab noch einen Fußweg der an der Bergstation vorbei zum Gipfel des Berges führte. Dieser Weg war allerdings etwas länger weil er sich in vielen Serpentinen den Berg hinaufwand aber diese Zeitverzögerung musste man eben in Kauf nehmen.

Als die Bahn in die Station einfuhr beobachtete der Mitarbeiter des Klosters, ein fünfunddreißigjähriger, drahtiger Spanier, wie die etwa fünfundzwanzig Fahrgäste die beiden Waggons verließen und durch den Drehkreuzbereich in die kleine Vorhalle kamen um dann das Gebäude zu verlassen.

Er wusste nicht wen die Polizei suchte aber er konnte bei keinem der ausgestiegenen Touristen etwas Auffälliges bemerken. Alle waren mit leichter, sommerlicher Sportbekleidung versehen und trugen derbes Schuhwerk für eine Wanderung oder Sportschuhe. Dazu hatte fast Jeder einen kleinen, leichten Rucksack dabei, manche auch noch Fotoapparate mit mehr oder weniger großen Objektiven umgehängt.

Es waren etwa fünfzehn weitere Personen in der Halle die nun den Zug bestiegen, um wieder hinunter zu fahren.

Die frisch Angekommenen wollten die Halle verlassen aber an der offenstehenden Tür fanden sie einen Mann mit einer Dienstmütze und einem Namensschild der ihnen nicht erlauben wollte aus dem Gebäude zu gehen.

Er sagte, für einige Minuten müssten sie alle Geduld haben, draußen auf dem Vorplatz bestehe Steinschlaggefahr denn einige Brocken seien in den letzten Minuten direkt bis an die Tür gerollt. Ein Kollege von ihm sei unterwegs um die Gefahr zu beseitigen, bis dahin dürften sie leider nicht hinaus.

Einer der Fahrgäste, ein sportlicher, von der Sonne extrem gebräunter junger Mann, sah sich hektisch um.

Die anderen Touristen verteilten sich in der Halle, gingen zum Kiosk oder nahmen auf einer der herumstehenden Sitzgelegenheiten Platz.

Der junge Mann versuchte, sich an dem Mitarbeiter vorbei hinauszudrängen aber dieser breitete die Arme aus und wies noch einmal nachdrücklich auf die bestehende Gefahr hin.

Da zog der Braungebrannte plötzlich ein Messer aus seiner Tasche, hielt es dem Mann mit der Dienstmütze unter die Nase und verlangte, sofort durchgelassen zu werden, andernfalls würde es gleich ein Blutbad geben.

Der Angestellte war ein kräftiger Mann und keineswegs ein Feigling aber nun wich er erschrocken zur Seite um den

Messermann vorbei zu lassen. Dieser hatte seine Waffe verdeckt gehalten und seine Drohung nur sehr leise herausgepresst um kein Aufsehen unter den anderen Fahrgästen zu erregen.

Er verließ jetzt langsam das Gebäude indem er den Angestellten im Blick behielt und diesen immer noch das Messer sehen ließ.

Dann drehte er sich um und wollte schnellen Schrittes das Gelände verlassen aber er war nur zwei Schritte weit gekommen als hinter dem großen Müllcontainer zwei große weiße Hunde hervorsprangen und aus etwa zehn Metern Entfernung zähnefletschend auf ihn zu liefen.

Er schrak sichtlich zusammen, nahm eine leicht gebeugte Kampfstellung ein und wollte sich offenbar mit dem Messer gegen die angreifenden Hunde verteidigen.

Diese aber waren jetzt auf zwei bis drei Meter herangekommen, stehen geblieben und knurrten ihn zähnefletschend an.

Diesen Moment nutzte der Bahnangestellte geistesgegenwärtig um die drei Schritte an den Messermann heranzutreten und ihm von hinten die Arme an den Ellbogen zu packen und ihn so festzuhalten.

Er schrie jetzt laut um Hilfe zu dem Fahrer der Bahn die noch nicht wieder abgefahren war.

In dem Moment fuhr aber der Geländewagen mit den beiden Polizeibeamten auf den Platz und als diese direkt vor dem Geschehen anhielten und ausstiegen erlahmte die Widerstandskraft des Gesuchten und er ließ sich wortlos und ohne sich zu wehren festnehmen.

DER KLOSTERHUND

Herrchen saß in der Talstation die er mit seinem Fahrrad erreicht hatte und trank eine Tasse Kaffee mit dem Sekretär des Klosters der sich dort eingefunden hatte um die ganze Angelegenheit zu regeln.

Er sprach einigermaßen Deutsch und konnte sich in den wesentlichen Dingen verständlich machen.

Nach einigem hin und her per Telefon mit den Polizisten einigte man sich darauf, dass die Hunde harmlos seien und mit der Bahn zu Tal fahren sollten während die beiden Beamten den Gefangenen in den Geländewagen verfrachteten und den Serpentinenweg hinunter fuhren.

Herrchen nahm Schnuppke Kaluppke und Wackelmax von Ü. in Empfang und Beide kamen sofort an die Leine. Gemeckert wurde aber erst mal nicht.

Frauchen war per Handy informiert worden und kam jetzt mit dem Wohnmobil vom unteren großen Parkplatz auf den kleinen bei der Bahnstation gefahren.

Sie setzte sich zu ihrem Mann und dem Klostersekretär während sie auf das Eintreffen der beiden Polizisten warteten die sich mit der Rückfahrt offenbar Zeit ließen.

Schnuppke lag neben dem Stuhl von Frauchen und grunzte zu dem neben ihm liegenden Wackelmax: „Wo ist denn bloß Hektor? Ich dachte, den hätten die Menschen schon gefunden und er wäre jetzt hier. Wir müssen unbedingt etwas unternehmen."

„Nichts können wir machen mein Alter" schniefte Wackelmax „die nächste Zeit werden wir wohl ohne Leine nirgendwo hin mehr gehen können. Das kommt davon, wenn man den Menschen helfen will, die kriegen nie etwas mit oder jedenfalls immer erst zu spät"

Das Telefon des Sekretärs klingelte mal wieder und er goss einen Schwall spanischer Sätze hinein.

Zur Tür herein kam jetzt auch der deutsche Busfahrer der sich beim Verwaltungsgebäude ein Mofa ausgeliehen hatte was gut möglich war da ihn hier Jedermann kannte.

Er hatte noch gut dreiStunden Zeit weil die Reisegruppe erst dann wieder weiterfahren sollte und eigentlich nutzte er diese Pausen zum schlafen.

Heute aber war er nicht in der Lage die Augen zu schließen und so kam er auf einen Kaffee in die Station.

Der Sekretär winkte ihn heran und ließ zahlreiche spanische Sätze auf ihn einprasseln was einen erstaunten Ausdruck auf sein Gesicht malte.

Er setzte sich auf einen freien Stuhl und klärte Herrchen und Frauchen auf.

„Ihren dritten Hund haben sie gefunden. Er ist unversehrt und auf dem Weg hierher.

Die Polizisten wurden auf ihrer Fahrt vom Berg herunter von ihrer Zentrale angerufen. Ein Wanderer hat auf dem Weg hinter dem großen Parkplatz die Rufe eines Menschen aus dem Gebüsch gehört und vorsichtig nachgesehen.

Er fand einen Mann auf einem Baum und davor einen riesigen, zottigen, verwilderten Hund welcher den armen Wanderer auf den Baum gejagt und nicht wieder herunter gelassen hatte.

Der Anrufer hat über Handy die Polizeistation informiert und meinte, ein Beamter müsse schnell kommen und die Bestie erschießen.

Unsere beiden Beamten sind am dichtesten am Geschehen und als sie die Einsatzorder bekamen dämmerte ihnen gleich, was es damit auf sich hat.

Der Hund hat die Beamten gleich herangelassen und erwies sich als völlig harmlos während bei einer Überprüfung des Handgepäcks des Baumkletterers eine Menge Bargeld und mehrere Europäische Kreditkarten gefunden wurden.

Zwei weitere Beamte sind mit ihrem Hund auf dem Weg hierher, die beiden Einbrecher sind auf dem Weg ins Polizeirevier."

Herrchen stand der Mund offen vor Staunen und Frauchen schüttelte ein ums andere mal den Kopf.

„Das gibt es doch gar nicht, das glaubt uns doch keiner" murmelte sie vor sich hin.

Wackelmax von Ü. meinte zu Schnuppke Kaluppke: „Hast du das gehört? Erschießen wollten sie Hektor! Die Menschen sind aber wirklich sonderbar, da kann man gar nicht genug aufpassen."

Schnuppke seufzte nur zustimmend und legte seine Schnauze flach auf den Boden. Menschen überraschten ihn nicht.

Herrchen sah durch das Fenster einen Seat-Kleinbus der Polizei vor dem Gebäude vorfahren.

Er stand auf um hinauszugehen und Frauchen folgte mit beiden Hunden an der Leine.

Das gab ein großes Hallo auf dem Parkplatz, die beiden Polizisten die den Sekretär des Klosters gut kannten winkten respektvoll durch das Fenster hinein und nach einer entsprechenden Geste desselben stiegen sie grüßend wieder in ihr Fahrzeug und fuhren davon.

Hektor und die beiden Weißen freuten sich unbändig und waren kaum zur Ruhe zu kriegen.

Frauchen machte die Leinen entnervt ab und ließ die drei umher toben, die Leinen hätten sich andauernd verheddert.

Als die Hunde sich beruhigt hatten brachte Herrchen sie in das Wohnmobil und kehrte mit seiner Frau in die Station zurück.

Hier fanden sie den Busfahrer und den Sekretär im ernsten Gespräch vertieft und nachdem sie sich wieder zu diesen gesetzt hatten wandte sich der Deutsche an sie.

„Ich habe dem Sekretär ihre ganze Geschichte erzählt, soweit sie mir diese mitgeteilt hatten, ich hoffe, sie haben nichts dagegen."

Herrchen und Frauchen schüttelten ihre Köpfe.

„Der Sekretär des Abtes meint, mit der Polizei oder den Behörden würden sie keine Probleme kriegen wegen der Hunde aus Spanien, auch nicht wegen der fehlenden Papiere.

Er möchte ihnen aber einen anderen Vorschlag machen und würde sich freuen, wenn sie eine Nacht darüber schlafen und in aller Ruhe nach ausgiebigem Gespräch untereinander zu einer Antwort kämen."

Hierfür erntete er verwunderte und fragende Blicke, dann fuhr er fort: „Das Kloster braucht unbedingt einen Klosterhund, das war immer schon so und allein wegen der Tradition muss es so bleiben.

Der Sekretär ist dafür persönlich verantwortlich und er hat sich nach dem Ableben des bisherigen Hundes bereits auf die Suche gemacht und verschiedene Verbindungen geknüpft. Ihr spanischer Hund ist aber ziemlich genau das, was er sich vorgestellt hat und er glaubt, dieser würde nach seiner Art und Rasse sowie nach seinem hier zur Schau gestellten Wesen ein vorzüglicher Klosterhund sein.

Auch die Hündin und die beiden Welpen würde das Kloster übernehmen und gut für sie sorgen.

Wenn ich sie richtig verstanden habe, dann haben sie ihre weite Reise doch in erster Linie gemacht um den Hunden zu helfen und nicht, um sich noch ein paar Hunde anzuschaffen.

Wenn sie die Hunde hier ließen wäre, wie der Sekretär und ich glauben, allen geholfen, den Hunden, dem Kloster und auch ihnen.

Sie haben ja schon zwei tolle Hunde, da wird ihnen wohl nichts fehlen."

Herrchen und Frauchen sahen einander verdutzt an und blickten dann dem Sekretär in die Augen der vergnügt lächelnd nickte und in gebrochenem Deutsch meinte: „Ja ja, seien sie unsere Gast heute Abend beim Essen. Morgen sie mir geben ein Antwort. Dann alles gut."

Herrchen meinte: „Gut, das sind Ideen die man überdenken kann. Zeit genug haben wir auch. Wenn wir hier auf dem Parkplatz über Nacht bleiben können werden wir ihnen Morgen früh unsere Entscheidung mitteilen. Die Einladung zum Essen nehmen wir dankend an."

Der Sekretär stand lächelnd auf, erklärte ihnen wo das Abendessen eingenommen wurde und verabschiedete sich von ihnen und dem Busfahrer.

Auch dieser wollte nun zu seinem Fahrzeug zurück und versuchen, noch ein Wenig Ruhe zu finden bevor er sich auf die Weiterfahrt begeben musste, „Heute nicht zurück, nur bis Valencia" wie er versicherte.

Herrchen und Frauchen beschlossen, im Wohnmobil eine von den Weinflaschen zu öffnen die sie eingekauft hatten für den heimischen Weinkeller und ein Gläschen zu trinken bevor sie dann später zum Essen gehen wollten.

Nachdem sie den ersten Schluck genommen hatten sprachen sie noch einmal über das Anliegen des Sekretärs und was sie in diesem Fall wohl tun könnten.

Die Hunde glaubten, ihren Ohren nicht trauen zu können als sie mitbekamen was geplant war.

„Mein lieber Hektor" keuchte Schnuppke Kaluppke und riss erstaunt die Augen auf „das sind ja mal ganz neue Neuigkeiten. Wie es aussieht verlieren wir einen guten Freund noch bevor wir ihn richtig gefunden haben."

Er blickte Wackelmax von Ü. an der seinen Blick mit schläfrigem Augenaufschlag erwiderte.

„Was kann man dazu noch bellen?" meinte er „die Menschen machen ständig irgendwelche komischen Sachen. Kann einen das noch überraschen?"

Hektor war hin und her gerissen und innerlich sehr aufgewühlt.

Wackelmax und Schnuppke waren ihm in der kurzen Zeit die sie einander kannten richtige Freunde geworden und er hatte sich aufrichtig auf die Zukunft mit ihnen zusammen gefreut, besonders, weil er nicht mehr herumreisen musste mit dem Zirkus und mit Conchita und seinen Jungen zusammen leben sollte.

Andererseits war ein Leben in Spanien natürlich auch nicht zu verachten und dazu noch als Klosterhund. Da brauchte man sich nicht ständig zu raufen und gegen andere Hunde durchsetzen die einem das Revier streitig machen wollten.

Je länger er über alles nachdachte umso müder wurde er und war schließlich eingeschlafen so dass er nicht mehr mitbekam, wie die Menschen später am Abend den Wagen verließen um der Einladung zum Essen zu folgen.

Am nächsten Morgen gingen die beiden Menschen mit ihren sechs Hunden den Wanderweg entlang wo einen Tag zuvor noch ein Mensch von Hunden auf einen Baum gejagt wurde.

„Gassi gehen mit sechs Hunden gleichzeitig ist aber auch wirklich anstrengend, jedenfalls dann, wenn alle eine Leine haben müssen."

Frauchen war sehr in Anspruch genommen denn sie hatte Conchita und deren zwei Junge zu führen die sehr neugierig alles beschnüffelten was ihnen vor die Nase kam.

„Na gut" meinte Herrchen „Das ist ja jetzt vorbei, das haben wir ja nun alles eingehend besprochen.

Ich glaube wirklich, dass diese Lösung die Beste ist für alle Beteiligten und wirklich jeder gewinnt und bekommt was er möchte.

Besonders, weil der Sekretär uns versichert hat gestern beim Abendessen, dass alle vier spanischen Hunde hier im Kloster zusammen bleiben können.

Darüber hinaus werden wir wohl in Zukunft unseren Jahresurlaub stets in Spanien statt in Südfrankreich verbringen und garantiert jedes Mal einen Abstecher zum Kloster machen, das ist ja wohl klar."

„Mal sehen, ob Hektor uns dann noch wieder erkennt" sagte Frauchen lächelnd.

„Na" meinte Hektor zu den Weißen „euch vergessen? Wie sollte das wohl möglich sein nach allem was ihr für uns getan habt, ihr und eure Menschen. Wir freuen uns aber jetzt schon darauf, dass ihr wiederkommt und dann werden wir uns sicher vieles zu erzählen haben."

„Wir werden euch mit Sicherheit auch nicht vergessen" bellte Schnuppke Kaluppke „das war ja wohl das größte Abenteuer was man sich denken kann. Schade nur, dass wir die Katzen zu Hause nicht zur Verzweiflung bringen können was uns sicher gelungen wäre, wenn wir in einer solchen Überzahl aufgetreten wären."

„Genau" meinte Wackelmax von Ü. „da müssen wir nun auch in Zukunft alleine mit klar kommen. Aber das wird schon.

Hoffentlich wird es nicht allzu langweilig, nach so einem Abenteuer fehlt uns sicher etwas in unserem kleinen Dorf."

Nach dem die Menschen und die Hunde gefrühstückt hatten brachten sie, wie sie es schon während des Abendessens verabredet hatten, die Hunde zum Tor des Klosters.

Eine schriftliche Vereinbarung gab es nicht, sie vertrauten dem Spanier.

Dann bestiegen sie das Wohnmobil und fuhren davon, die Serpentinen hinab in Richtung Heimat mit dem Gefühl alles richtig gemacht und vier spanische Hunde vor einem ungewissen Schicksal bewahrt zu haben.

Als sie drei Tage später in ihrem kleinen norddeutschen Heimatdorf ankamen sprangen Schnuppke Kaluppke und Wackelmax von Ü. ausgelassen durch den Garten wobei sie auf etliche Maulwurfshügel und viel Katzenkot stießen.

„Jetzt sieh dir das mal an Wackel" schnaubte Schnuppke empört „kaum ist man mal weg schon mischen die Biester unser Revier auf. Das können wir ja wohl nicht zulassen, wie?"

„Genau" kläffte Wackelmax einen Maulwurfshügel an „das hat Folgen. Schließlich sind wir jetzt international tätig und so etwas können wir auf keinen Fall durchgehen lassen.

Ab morgen weht hier ein anderer Wind!"

Zeitfracht Medien GmbH
Ferdinand-Jühlke-Straße 7
99095 Erfurt, Deutschland
produktsicherheit@kolibri360.de